「優那の感じる場所を探してやるよ」
耳をかすめた声と吐息に、勝手に身震いが起きた。
こんなにも甘く耳にまとわりつく声を聞いたことがない。首から背筋がゾクゾクし、体温が一気に高まっていく。
「ひゃっ……」

ベイビィ・エンジェル
～パパと秘密のキス～

伊郷ルウ

Illustration
相葉キョウコ

B-PRINCE文庫

※本作品の内容はすべてフィクションです。
実在の人物・団体・事件などには一切関係ありません。

CONTENTS

ベイビィ・エンジェル

～パパと秘密のキス～

第一章

空は雲ひとつなく晴れ渡り、燦々《さんさん》と降り注ぐ陽射しが眩《まぶ》しい夏の午後、園山優那《そのやまゆうな》は携帯電話の呼び出し音を聞きながら、駒沢《こまざわ》通りを恵比寿《えびす》駅に向かって歩いていた。

シンプルな半袖の白いシャツ、デニムパンツ、スニーカーといった出《い》で立ちで、丈夫な帆布製の大きな長方形のバッグを肩にかけている。

身長が百七十センチに届かないばかりか、かなりの細身だ。そのうえ、茶色の大きな瞳、小さく尖《とが》った鼻、桜色をした唇と、色白で可愛らしい顔立ちをしているせいか、二十五歳になる社会人ながらも、大学生に間違えられることも珍しくない。

しかし、自分の外見に頓着《とんちゃく》がなく、他人にさほど興味がないことから、どう見られているかもまったく気にしていなかった。

優那が唯一、夢中になれるものはフィギュアだ。高校卒業後に玩具メーカーで働き始め、五年間勤めたあとに退職し、今はプロモデラーとして生計を立てている。

ホビー雑誌のライターをしたり、マスプロダクツ商品の完成見本や塗装マスター製作、そして、個人的な製作代行業務などが主な仕事だ。

就職先に玩具メーカーを選んだのは、子供のころからのフィギュア好きが高じてのことだった。しかし、会社勤めをしていくうちに、フィギュア作りに専念したい思いが募っていき、後先を考えずに退職してしまった。

サラリーマンのときのような安定した収入がなくなり、生活は厳しくなってしまったが、大好きなフィギュアに関する仕事に打ち込める日々は充実していた。

「なんで繋《つな》がらないんだよ……」

小さく吐き捨てて電源を切り、デニムパンツの尻ポケットに携帯電話を突っ込む。

姉の奈津樹《なつき》に先ほどから何度か電話をかけているのだが、電源が切れているからなのか、繋がらない場所にいるからなのか、いっこうに出ないのだ。

「まさか番号が変わったのか？」

眉根を寄せつつため息をもらし、ふと立ち止まった。

「確かこの近くだったよな」

その場で方向転換し、代官山《だいかんやま》駅へと足を向ける。

奈津樹が同棲相手と暮らしているマンションが、代官山駅近くにあるのだ。

十五歳で両親を一度に失い、優那の肉親は奈津樹だけとなった。

三つ違いの彼女とは幼少のころから仲がよく、優那が高校を卒業するまでは二人で暮らしていた。

けれど、ともに干渉《かんしょう》されるのを嫌う性格で、ひとり暮らしを始めてからは、よほどのことがなければ会うこともない。

そうした姉弟の関係にありながら、電話が繋がらないことに痺《しび》れを切らし、彼女が暮らすマンションを訪ねていく気になったのは、切羽詰まった事情があるからだ。

優那は高校を卒業して間もなく、高田馬場《たかだのばば》のアパートに移り住み、ずっとひとり暮らしをしてきた。

外階段は穴の空いたトタン屋根、手摺《てす》りには赤さびが浮いているような古めかしいアパートだ。けれど、六畳に四畳半、台所と風呂つきという広さと設備のわりに家賃が安く、ひとりでフィギュア製作に集中するには最適な環境だった。

それが、次の更新を目前にして、建て替えのための立ち退きを迫られ、引っ越しのための費用を捻出《ねんしゅつ》しなければならなくなってしまった。

収入が不安定なこともあり、質素な暮らしをしているが、貯蓄に回すだけの金は残らず、自力で引っ越すのは難しい。

そこで浮かんだのが奈津樹だった。こんなときばかりと小言を口にされそうだが、他に相談できる相手は思い当たらなかったのだ。

「こっちだったっけか……」

記憶を頼りに小学校の脇を歩いていく。

結婚を前提につき合い始めた恋人と同棲を始めた奈津樹に招かれ、一度だけマンションを訪ねていったことがあった。三ヶ月ほど前のことで、姉と会うのは久しぶりのことだった。

「あった」

小学校の角を曲がると同時に、覚えのある瀟洒《しょうしゃ》な佇《たたず》まいのマンションが目に入り、重いバッグを担ぎ直して足を速める。

高い塀に囲まれた建物の正面玄関から中に入っていくと、高級ホテルを彷彿《ほうふつ》とさせる洗練されたロビーが広がっていた。

右側には大きなカウンターがあり、黒い制服に身を包んだ年配の男性が二人立っている。コンシェルジュという気取った名前で呼ばれる管理人だ。居住者のすべてを把握しているであろう彼らは、訪問者に控えめながらも目を光らせていた。

安アパートの暮らしに慣れている優那は一瞬、怯《ひる》んだが、ここまで来て引き返すのは馬鹿らしいと自らを鼓舞《こぶ》する。

カウンターに向けて何食わぬ顔で軽く会釈《えしゃく》をし、左手にあるインターホンの前に立ち、奈津樹が暮らす部屋の番号を打ち込む。

『はい』

ほどなくして聞こえてきたのは男性の声だった。

奈津樹が応答すると決めてかかっていた優那はにわかに焦《あせ》りながらも、小さく咳払《せきばら》いをしてからマイク部分に少し顔を寄せる。

「園山優那です。姉はいますか？」

『優那君……上がって』

躊躇《ためら》いが感じられる声が返ってくると同時に、目の前の自動ドアが開いた。

「会いたくないのは僕も同じなんだよ」

ひとりつぶやきながら中に入り、エレベーターのボタンを押すと、一階で待機していた一基のドアがすぐに開いた。

乗り込むなり十階のボタン、続けてクローズボタンを押した優那は、浮かない顔で刻々と変わっていく階数表示板を見つめる。

間もなくして十階に到着し、エレベーターを降りて誰もいない内廊下を歩き出す。一面にエンジ色の絨毯《じゅうたん》が敷かれている廊下は、足音ひとつ響かない。

隣室の玄関ドアとの長い間隔が、一戸あたりの専有面積が広いことを如実に示している。

これまでに訪ねてきたのは一度きりだが、真っ直《す》ぐに伸びた廊下を迷うこともなく、目指す部屋まで来た優那は、ひと息ついてインターホンを押した。

「いらっしゃい」

まるで待っていたかのような早さでドアが開き、三十代前半の男が姿を現す。

百八十センチを優に超す長身で、男でもつい目を奪われてしまうほどの精悍な顔立ちをしている。

質のよさそうな生地で仕立てた半袖の洒落《しゃれ》たシャツに、長い脚を強調する細身の黒いパンツを合わせ、胸元には黒のレザーコードに通した渋いシルバーのペンダントがあった。

艶《つや》やかな短い黒髪にレイヤーを入れ、軽い感じに仕上げている。額にかかる少し長めの前髪が、端整な顔立ちを引き立てる役目を果たしていた。

街中を歩いていれば、誰もが思わず振り返るであろう容姿端麗なこの男を、テレビドラマやコマーシャルで見ない日はない。

女性に圧倒的な人気を誇る俳優の久遠《くおん》時岳《じたけ》瑠《る》こそが、優那の姉、奈津樹の同棲相手なのだ。

「こんにちは。突然、お邪魔して申し訳ありません。姉に電話をかけたんですけど繋がらなくて……この近くにいたので直接、会いに来たんですけど、外出中でしたか？」

姉を訪ねてきたことがわかっているはずなのに、なぜ久遠時が出迎えたのだろうかと不審に思いつつ、玄関の中に入った優那は取り繕《つくろ》った笑みを浮かべてみせた。

「奈津樹から話を聞いてないのか？」

ドアを支えていた片手を放した彼は一歩下がると、さも訝《いぶか》しげに眉根を寄せ、ぶっきらぼうな口調で訊《き》いてきた。

感じの悪い態度に少しばかり苛立《いらだ》ちを覚える。この男と会ったのはこれまでに一回きりだが、よい印象はひとつも持たなかった。

外見がいいだけでなく、俳優としても演技派として認められているようだが、仕事を離れた彼は女優やアイドルたちとの関係を、取り沙汰《ざた》されてばかりだ。

最近も若い女優と食事をしているところを、写真誌に撮られている。真相は定かではないのだが、同棲している恋人がいながら女性と二人きりで食事をするなど、普通であれば考えられない。

奈津樹もよくこんな男とつき合う気になったなと、口にこそ出さずにいるが弟ながら呆《あき》れてしまう。

傍《はた》から久遠時を見ていると、人気を笠に着た女好きの気取り屋にしか映らない。そのうえ、態度が横柄《おうへい》なのだから最悪だ。

歳上というだけでなく、姉の恋人ということもあり、最初は言葉に気を遣ったのだが、それすら馬鹿らしく思えた優那は素っ気ない口調で問い返す。

「話って？」

「俺たち別れたんだよ」

「嘘……」

ポカンとした顔で久遠時を見つめる。

弟を前にしながらベッタリと寄り添い、仲睦《むつ》まじいところを見せつけてきた奈津樹は、まさに幸せの絶頂にあるといった感じだった。

それが、たったの三ヶ月で破局したというのだろうか。あの日の姉が終始、顔を綻《ほころ》ばせていただけに、にわかには信じ難《がた》かった。

「弟の君に嘘なんかついて俺になんの得があるっていうんだ。奈津樹は自分で荷物をまとめて出て行ったんだよ」

「いつ？」

「十日くらい前だな」

廊下の壁に寄りかかり、軽く腕組みをして答えた久遠時に、さらなる苛立ちを覚える。

奈津樹が自ら別れを告げるとはとても思えない。きっと、遊び人の久遠時は他の女性に目移りし、姉が邪魔になったのだろう。そんな考えが脳裏《のうり》を過《よ》ぎる。

「ど……どうせ、あんたが追い出したんだろう？」

「言いがかりはよしてくれ。あいつが勝手に出て行ったんだよ」

「そんなわけが……」

声を荒らげてきた彼に負けじと大きな声を出したそのとき、廊下に沿って並ぶドアの一番奥が開き、Ｔシャツに短パン姿の小さな子供が両手で目を擦《こす》りながら出てきた。

「パーパァ」

「瑠偉《るい》、パパはこっちだよ」

振り返った久遠時が優しく声をかけると、子供が一目散にこちらを目指してくる。

「パパ――――ッ」

ペタペタと足音を立てて走ってきた子供を、久遠時はすかさずしゃがんで受け止めた。

「よく寝たなぁ」

片腕に抱き締め、柔らかそうな髪を何度も撫《な》でる。

自分に対しては横柄に接してくる久遠時も、さすがに我が子に対しては甘い。当然のことではあるが、優那はその二面性に呆れてしまう。

「こんちゃ」

こちらに気づいた瑠偉が、父親の肩越しに大きな黒い瞳で真っ直ぐに見上げてくる。

奈津樹から久遠時を紹介されたとき、瑠偉とも顔を合わせていた。三歳になって幼稚園に通いだしたばかりだと教えられた。

もちろん、姉が産んだ子供ではない。久遠時は四年前に結婚して一児をもうけたものの、妻が一年前に他界し、父子家庭となっていたのだ。

奈津樹は多くの芸能人と会う機会があるという理由から、大手のイベント会社に就職した。

それだけに、芸能界きっての色男と謳《うた》われる俳優と知り合い、つき合うようになったとしても驚かない。

ただ、子連れの男と結婚を前提にした交際ともなると話は別だ。さすがに、上手《うま》くいかないのではないだろうかと心配した。

けれど、瑠偉に接する彼女からは、新たな母親になる気合いが感じられた。あまりにも幼すぎて、実の母親が亡くなったことすら知らないのか、瑠偉も奈津樹によく懐いていた。

連れ子と暮らしていく覚悟ができているのであれば、弟が口を出す問題ではないだろうと、あのときは姉の幸せだけを願ったのだ。

「こんにちは、だろう?」

「こんにちゃ、ルイでーしゅ」

父親に諭されて言い直した瑠偉が、トコトコと歩み寄ってくる。

優那は大きなバッグを担いだまま軽く屈《かが》み込み、瑠偉が伸ばしてきた小さな手を優しく握り取った。

「こんにちは」

純真そうな瞳を真っ直ぐに見つめ、満面に笑みを浮かべる。

こんなにも幼い子供の手を握るのは初めてだ。あまりの柔らかさに、つい握り合った手を揺らしてしまう。

これまで子供と接する機会が少なかっただけで、これといって嫌いなわけではない。懐いてきてくれれば、素直に可愛《かわい》いと感じる。

「あー、ドゲランだぁ」

突然、大きな声をあげた瑠偉が握り合っている手を放し、優那のバッグから少しだけはみ出している怪獣のフィギュアに触れてきた。

「瑠偉、それはお兄さんのだから弄《いじ》ったらダメだよ」

久遠時から勝手な行いを咎《とが》められ、瑠偉が手を引っ込める。

しかし、興味津々《きょうみしんしん》といった顔つきをしている瑠偉の可愛らしさに、優那は玄関にしゃがんでバッグを下ろし、中からフィギュアを取り出す。

流行《はや》りのアニメに登場する怪獣のフィギュアであり、幼児が知っていてもおかしくないキャラクターだった。

「これ、好きなの？」

「ドゲラン、だーいしゅき」

瑠偉の大きな瞳が、よりいっそう輝く。

「じゃあ、瑠偉君にプレゼント」

優那が差し出したフィギュアを、笑顔を炸裂させた彼が小さな両手で取り上げる。

「わーい、ありがとうごじゃいましゅ〜」

「いいのか？」

嬉《うれ》しそうにフィギュアを胸に抱く瑠偉を、立ち上がった久遠時がチラッと見やりつつ訊いてきた。

「試作品だから」

軽く肩をすくめて答えた優那が立ち上がると、もらったフィギュアに心を奪われてしまったらしい瑠偉が、こちらの存在など忘れたかのように、奥のリビングルームに向かって廊下を歩き出す。

まるで自分自身を見ているような気がし、優那は思わず頬を緩める。フィギュアが大好きで、夢中になると他に目がいかなくなる、親泣かせの子供だった。

今でもカタログを見たり、製作に取りかかると、仕事が絡んでいるとはいえ時間を忘れて没頭してしまう。

父親の久遠時とは相容《あいい》れるところなどひとつもなさそうだが、息子の瑠偉とは仲良くなれそうな気がする。

「いい子にしてるんだぞー」

「はーい」

久遠時の呼びかけに、遠くから元気な声が返ってきた。

返事を耳にしただけで微笑《ほほえ》ましくなるから不思議なものだ。

子供とはこんなにも可愛いものだったのかと、いまさらながらに思って廊下の向こうに目を向けていると、久遠時がこちらに視線を移してきた。

なにを言うのでもなく、ただ黙っている彼を見て、優那はここに来た目的を思い出す。

「それで、姉は今どこに?」

「さあ」

広げた両手を上に向けて肩をすくめた彼の態度に、瑠偉を見て和《なご》んでいた気持ちが一気に失せてしまう。

「さあって、行き先くらい知ってるだろう?」

「なにも言わずに出て行ったんでね」

「やっぱり、あんたが追い出したんだな」

彼と言葉を交わすほど不愉快になってくる。

別れたとはいっても、奈津樹は結婚を前提に同棲まで始めた相手だ。所在を知らないのは、一方的に追い出したからだとしか思えなかった。

「俺がそんなひどい男に見えるのか?」

「ああ、あんたは平気でやりそうに見えるね」

壁に寄りかかった久遠時から悠然と見下ろされ、息も荒く食ってかかった優那は、睨《にら》みつけながら大きく肩を上下させる。

「奈津樹が出て行ったのは、他人《ひと》の子を育てるのが面倒になったからだよ」

「なっ……」

あまりの言いように言葉に詰まった。

他人の子の母になる覚悟を決めて同棲を始めたであろう奈津樹が、子育てを放棄して出て行くわけがない。

成人したころから互いに無関心になってしまっているが、血の繋がった姉弟なのだから性格はよく把握している。

奈津樹はいったん決めたことを、簡単に諦《あきら》めたり放り出したりしない。姉のことを悪く言われるのは心外だ。

よくもこんな男とつき合う気になったものだ。呆れと怒りの入り交じった顔で睨《ね》めつけていると、久遠時がわざとらしく深いため息をもらした。

「子供が大好きなの、三人で一緒に楽しく暮らしましょう。とか言ってたわりに、子守がいやになったとたんに逃げ出した」

「あんたが子守ばっかりさせたからじゃないのか？」

間髪を容れずに強い口調で反論したが、彼は端整な顔でこちらを見つつ鼻で笑う。

「仕事を辞めて子育てに専念するって、奈津樹は自分で言ったんだぞ？　俺はドラマの撮影が始まって忙しいっていうのに、新しく頼んだベビーシッターは瑠偉が悉《ことごと》く懐かないし……」

またしても大きなため息をもらした彼が、大仰に腕組みをしたかと思うと、意味ありげな視線を向けてきた。

「こうなったら、弟として責任を取ってもらいたいくらいだな」

「はあ？　なんで僕が？」

開いた口がふさがらないとは、まさにこのことを言うのだろう。

奈津樹が悪事を働いたというならまだしも、追い出しておいて責任を取れなどとよく言えたものだ。

「真に受けたのか？　冗談に決まってるだろ？」

「なっ……」

久遠時から声高に笑われ、言葉が続かなかった優那は睨みつける。けれど、その程度のことでは彼も怯まない。

「だいたい、フィギュアにしか興味がないような君に、子守なんかできるわけないじゃないか」

馬鹿にしたような彼の言いぐさが我慢ならず、咄嗟《とっさ》に言い返す。

「僕は自他共に認めるオタクだよ、でも子守くらいできる」

「できもしないことは言わないほうが身のためだぞ？」

久遠時が挑発的な笑みを向けてくる。

彼の言葉だけでなく、顔つきにも腹が立ってきた。

「できるって言ってるだろ」

「仕事はどうするんだ？」

「それは……」

冷ややかに詰め寄られ、言い返せなくなった優那は口籠もる。

売り言葉に買い言葉で、とんでもないことを口にしてしまった。

子守というからには、久遠時が留守にしているあいだ中、子供の世話に時間を費やすことになる。

仕事をしなければ、生活していけない。ただ、自分と同じようにフィギュアが好きな瑠偉の子守ならできそうであり、父親がいないあいだ寂しい思いをしているのであれば相手をしてやりたい思いがあった。

仕事を取るか、子守を取るか、どちらかを選ぶのは難しいが、久遠時に馬鹿にされて引き下がるのが悔しい優那は唇を嚙《か》みしめる。

「試しに一週間くらい住み込みでやるか？」

「住み込み？　なんで僕があんたと一緒に暮らさなきゃならないんだよ？」

とんでもない提案に呆れ、声高に問い返していた。

「住み込みなら仕事もできるだろう？　それとも、はじめから仕事を理由に断るつもりだったから、子守ができるって言ったのか？」

口先だけだと言わんばかりに、久遠時が冷めた顔で見返してくる。ここまで言われて黙っていられるわけもなく、優那は声を荒らげる。

「そんなことない！」

「だったら、どうして住み込みを嫌がるんだよ？　奈津樹が使ってた部屋が空いてるから、そこを好きに使ってかまわないぞ。一週間あれば瑠偉が懐くベビーシッターも見つかるかもしれないしな」

軽く肩をすくめた久遠時が、本気なのかどうか見当もつかないし、仕事をする場所を与えられたからといって、即答できるようなことでもない。

いったいなにを考えているのだろうかと、口を閉ざして表情を窺《うかが》い見ていると、彼が小さく笑った。

「それとも、潔く前言撤回するか？　意地を張っても後悔するだけだぞ」

この展開を面白がっているとしか思えない顔つきを目にした瞬間、優那の迷いは吹き飛んでいた。

「わかったよ、新しいベビーシッターが見つかるまで、僕が瑠偉君の面倒を見てやるよ」

「瑠ー偉、こっちにおいで」

にんまりとした久遠時が、リビングルームに向かって大声をあげると、瑠偉がフィギュアを抱えたまま走ってきた。

「明日から、優那お兄ちゃんが瑠偉と遊んでくれるぞ」

「明日って……」

瑠偉を抱き上げた久遠時を、戸惑いの顔で見返す。

勢いに任せて引き受けてしまったが、まだ心の準備はできていない。それなのに、久遠時はこちらの気持ちなど無視して追い打ちをかけてくる。

「たったの一週間だ、たいした荷物はいらないだろう?」

彼のやり方は腹立たしいばかりだが、脇から期待に満ちた瞳で見てくる瑠偉に気づき、嫌とは言えなくなった。

「明日から一緒に遊ぼうね」

「はーい」

瑠偉の喜びも露《あら》わな表情に、つられて笑みを浮かべる。

久遠時は気に入らない。たとえ一週間であっても、こんな男とひとつ屋根の下で暮らすのかと思うと気が重い。

とはいえ、俳優として忙しい久遠時はどうせ家を空けがちだろう。自分は天使のように純真な瑠偉と一緒に昼間は楽しい時間を過ごし、夜は仕事に専念すればいいだけなのだ。

「明日は昼から撮影だから、早めに来てくれ」

「わかったよ」

覚悟を決めた優那が不機嫌な声で返すと、久遠時が瑠偉を片腕に抱き直す。

「瑠偉、優那お兄ちゃんにバイバイして」

「ユーナおにいしゃん、しゃようなら」

父親の腕に身体《からだ》を預けた瑠偉が、真っ直ぐにこちらを見ながら小さな手を振ってくる。

早く帰れと言わんばかりの久遠時はまったく可愛げがないが、ニコニコしている瑠偉は可愛くてたまらない。

子供好きの自覚がないというのに、こんなにも他人の子を可愛いと思うものなのだろうか。とても不思議な気分だった。

「さようなら、また明日ね」

瑠偉に笑顔で声をかけてバッグを担ぎ、久遠時には目もくれずドアを開けて玄関を出る。

ドアを閉める間際に、まだ手を振っている瑠偉が見えた。隙間から手を振り返し、静かにドアを閉める。

「はぁ……」

肩でひとつ息をつき、エレベーターホールに向かって歩き出す。

引っ越しの費用を工面してもらうつもりで奈津樹を訪ねてきたというのに、思いも寄らない展開になってしまった。

「なんであんなこと言っちゃったんだろう……」

約束してしまった以上、一週間は泊まりで瑠偉の子守をするしかない。

久遠時との同居を考えると先が思いやられるが、たったの一週間だと自らに言い聞かせながら、優那は静かな廊下を歩いていた。

第二章

優那が与えられた部屋は東に面した十畳ほどの洋間で、ウォークインクローゼットがあり、セミダブルのベッドと大きなドレッサー、ひとり用のゆったりした椅子と丸いテーブルが置かれていた。

どうやら、奈津樹が出て行ったばかりで、荷物がなくなっている以外、部屋は手つかずの状態だったようだ。

「同棲してたのに姉さんのベッドがあるんじゃゃ、一緒に暮らしている意味がないような……」

優那はひとりつぶやきながら、カバーがかかったベッドに仰向けに寝転がった。

必要最低限の荷物と仕事に必要な道具などを持ち、久遠時のマンションに朝早くやってきてから、かれこれ三時間が過ぎている。

勢いに任せて自ら瑠偉の子守をすると言ってしまったとはいえ、久遠時と同居する羽目になった優那は、どうして前言撤回をしなかったのかと、いまさらながらに後悔していた。

奈津樹が産んだ子供ならまだしも、瑠偉はまったく血の繫がっていない他人の子だ。いくら可愛いからといって、仕事でもないのに瑠偉の子守をするのはおかしいだろう。

ましてや、久遠時は相容れる部分がまったくなさそうな、一緒にいても楽しくない男だ。

瑠偉の相手をしているだけならいいが、久遠時と三人での一週間の同居生活に耐えられる自信がなかった。

久遠時はといえば、優那がマンションに到着するなり、瑠偉の世話のしかたを一通り説明すると、あとは自由に使っていいと言い残し、ドラマの撮影に行ってしまった。

金で雇われたベビーシッターでもないのに、高飛車な物言いをされて不満が募ったが、そばに瑠偉がいては怒ることもできない。

不満を抱えたまま久遠時を見送り、気を取り直した優那は荷物を片づける間もなく瑠偉と遊び始めた。

よほど元気が有り余っていたのか、瑠偉は遊ぶだけ遊ぶとウトウトし始め、今は子供部屋で昼寝をしている。

眠っているあいだに荷物の整理をしようと、さっそく部屋に戻って取りかかった。しかし、優那がアパートから持ち出してきた荷物はさしたる量もなく、いくらもせずに片づけ終わっていた。

「こんな広い部屋を借りられたらなぁ……」

引っ越し先のことを考えると頭が痛い。

今のアパートは家賃が破格と言えるだけに、次に同じ金額で同じ条件の部屋を借りることはまず無理だろう。

払える家賃は限られているのだから、部屋が狭くなるのは覚悟しなければならない。そうとわかっていても、どうにかならないだろうかと考えてしまう。

なにしろ、製作するフィギュアは小振りのものばかりだが、作業に必要なものが手の届く範囲にないと捗《はかど》らないため、広いスペースが欲しいのだ。

「どれだけ稼げばこの広さで暮らせる……」

ドアが開く音が聞こえ、優那は咄嗟に身体を起こす。

「ユーナ、おなかしゅいたー」

小さな手でドアノブを握ったまま、瑠偉が顔を覗《のぞ》かせてきた。

昼寝をする前に少し遊んでやっただけだというのに、すっかり懐いてきた彼は、「ユーナ」と呼ぶようになっている。

最初は久遠時と同じように「ユーナおにいしゃん」と呼んでいたのだが、途中から面倒になったのか「おにいしゃん」が取れてしまったのだ。

久遠時に呼び捨てにされたら腹立たしい思いをするだろうが、瑠偉の愛らしい声で呼ばれると気分がよく、咎める気にもならなかった。

「お昼ご飯にしようか？」

「あーっ」

ベッドから下りると同時に、大きな声をあげた彼が部屋に入ってくる。

「いっぱいあるー」

無造作に床に置いていたフィギュアに気づいたらしく、瑠偉がしゃがみ込んで眺《なが》め出す。

並んでいるのは、新作のガレージキットを組み立て、塗装を施した戦闘ロボットの数々だ。

ホビー雑誌の編集部から預かっているもので、完成までの過程を記事にする。解説文を書くのはあまり得意ではなかったが、原稿料を得られるだけでなく、新作のフィギュアを作れるのが楽しく、今では主要な仕事になっていた。

「これじぇーんぶユーナの？」

興味津々といった顔で振り返ってきた。

「そうだよ、僕はこれを作るのがお仕事なんだ」

「しゅっごーい、ユーナ、しゅっごーい」

彼が驚きに大きな目を見開く。

感心と羨望《せんぼう》が入り交じったような瞳を向けられ、面映《おもは》ゆくなってしまう。

フィギュア製作を生業《なりわい》にしていると言えば、大概の人が呆れる。普段は干渉しない奈津樹にさえ、なぜ玩具メーカーを辞めたのだ、真っ当な仕事に就《つ》けと言われてきた。

きちんと稼いで暮らしているのだから、文句を言われる筋合いはないと思うのだが、世間の目は厳しい。

それだけに、目をキラキラと輝かせながら「すごい」と言われると、味方ができたようで嬉しくてたまらなかった。

「これ、かっこいいー」

瑠偉が銀色に輝く一体を手に取る。

「それはお仕事に使うから瑠偉君にはあげられないんだ」

「しょっかー」

残念そうにつぶやき、手にしたフィギュアを床に下ろす。

ごねると思っていただけに、聞き分けのよさに感心してしまう。

「今度、もっと格好いいのを持ってきてあげるよ」

「ホント?」

「なにがいい? 怪獣? ロボット?」

優那が隣に腰を下ろすと、瑠偉がこちら向きにちょこんと正座をしてきた。

「ロボットがいい」

「じゃ、今度ね」

「やくしょくだよー」

彼が小指を差し出してくる。

躊躇うことなく小指を絡め、約束の指切りをした。と同時に、瑠偉が腹の虫を鳴らし、昼ご飯のことを思い出す。

「そうだ、お昼ご飯を作らないと」

急ぎ立ち上がって瑠偉を抱き上げる。

幼い子供を抱っこしたことなどない。けれど、自然と抱き上げていた。

軽く十キロは超えているだろうか。かなり重たいと感じるが、不思議なことにあまり気にならなかった。

「ルイ、やきしょばがいい」

「オッケー」

久遠時から好きなものを食べさせていいと言われていたため、調子に乗って承諾したものの、冷蔵庫に材料があるかどうかもわからない。

それなのに瑠偉が一緒だと、おかしなものでどうにかなるように思えてくる。焼きそばの用意がなく、他のものを作ったとしても、彼は素直に喜んでくれそうだからだ。

奈津樹と二人暮らしをしていたときは、彼女が食事の用意をしてくれていた。

ひとり暮らしを始めてからは、無駄遣いもできないため、食事は自分で作るようになった。

そこそこ腕前は上がったものの、誰かのために料理をしたことはないし、したいと思ったこともない。

それが、今は瑠偉のために昼食を作るのが楽しく思えている。これまでの生活からは、とても考えられないことだった。

「お昼ご飯ができるまで、瑠偉君はここで遊んでて」

リビングルームで下ろすと、瑠偉はさっそくオモチャを入れてあるカゴまで行き、昨日あげた怪獣のフィギュアを取り出し、ソファにペタンと座って遊び出す。

おとなしく遊んでいるのを見届けてから、優那は対面式のキッチンに向かう。料理をしていても瑠偉の姿がダイニング越しに確認できるため、安心していられる。

「いい子にしてるんだよ」

「はーい」

すでにフィギュアに夢中になっている瑠偉は、元気に返事をしたものの顔すら上げない。

このぶんならば彼もしばらくはおとなしくしているだろうと、優那はさっそく冷蔵庫の前に立って扉を開けた。

「焼きそばねぇ」

冷蔵室の中をひととおり確認してみたが、焼きそばは見あたらない。続けて野菜室を開けてみたが、こちらは空っぽに近い状態だ。

さてどうしたものかと考えあぐねたあげく、フリーザーを開けてみる。中には冷凍食品がぎちぎちに詰まっていて、電子レンジで温めるだけの焼きそばやピラフなどが入っていた。

「やっぱり料理しないんだな」

久遠時が料理をしている姿が思い描けなかっただけに、冷凍の焼きそばを見つけて妙に納得してしまう。

「自由に使っていいんだから、僕も食べていいってことだよな……」

住み込みで子守をしろと言い出したのは久遠時なのだから、食事くらいはさせてもらってもバチは当たらないだろう。

贅沢《ぜいたく》な食事は控えてきているため、月々の食費は微々たる額だが、急な引っ越しを迫られている状況でもあり、金を遣わないですむならそれに越したことはない。

フリーザーから取り出した二人分の冷凍焼きそばを電子レンジに入れ、ソファに座って遊んでいる瑠偉を横目で見つつタイマーをセットする。

「お皿はどこだ？」

キッチンにもダイニングにも食器棚がない。キッチンの戸棚の中だろうと見当をつけ、片っ端から扉を開けていく。

「へぇ、綺麗《きれい》に片づけてあるんだ……そういえば、掃除とか洗濯はどうしてるんだろう？」

子持ちの人気俳優の生活など想像するのは難しく、優那はにわかに興味を持ち始める。

と同時に、瑠偉の様子を窺いながら、食事を作ることに楽しさを覚えた。

ひとり暮らしを始めてからの七年間、誰も部屋に呼んだことがない。しかたがなく外食をする以外は、ずっと部屋でひとりきりの食事をしてきた。

久遠時とはあまり顔を合わせたくないが、瑠偉と過ごす時間のほうが圧倒的に長いことを考えれば、それほどここでの生活も悪くないようにすら思えてくる。

「あった、あった……」

目当ての食器を見つけた優那は後悔していたことも忘れ、鼻歌交じりに瑠偉と二人でする食事の用意を調《ととの》えていた。

＊＊＊＊＊

ドラマの撮影を終えて帰宅した久遠時は、マンションと車の鍵をつけているキーホルダーを飾り棚に置き、いつものように静かに靴を脱いで玄関を上がった。

真っ先に向かう先には、瑠偉が眠る子供部屋がある。初めての結婚で、初めてできた子供であり、かけがえのない愛しい存在になっていた。

久遠時はクールな色男の役を演じることが多く、周りが抱くイメージも役柄の影響を強く受けている。

けれど、愛息の瑠偉を前にしたとたん、別人に変わってしまう。まさに、目に入れても痛くないほどの溺愛《できあい》ぶりを発揮した。

「おとなしく寝てるかな……」

寝顔を思い描くだけで、目尻が下がる。

昨日はたまたま撮影がなく家にいたが、仕事柄、瑠偉と一緒にいてやれない日が多い。

外に出た日などは、寂しい思いをさせたくないだけでなく、一刻も早く瑠偉に会いたくてたまらず、最近は仲間の誘いも断りがちになっていた。

これまでは奈津樹がいたので、息せき切って帰路に就くこともなかったが、彼女が出て行ってからはベビーシッターに預けているため、そうもいかなくなっていた。

瑠偉を幼稚園に送って行くのは自分の役目だが、そのあとは帰宅するまでベビーシッターにすべてを任せざるを得ない。

午後二時に幼稚園に迎えに行くことから始まり、昼寝、夕食、入浴、さらには、夜になって瑠偉が寝たあとも、自分が帰宅するまで待ってもらっていたのだ。

もちろん、いくら寝ているとはいえ瑠偉をひとりにはできないからだ。かなり長い時間、拘束することになり、なかなか引き受け手が見つからないところを、紹介所に無理を言って頼んできた。

ところが、奈津樹にはよく懐いていた瑠偉が、通いのベビーシッターにまったく懐かず、二日と同じ人に頼むことができないでいた。

世話に来てくれたのは奈津樹と同年齢の女性たちばかりであり、なにが原因なのかさっぱりわからず、これから先はどうしたものかと困っていた。

そうしたところに、いきなり優那が訪ねてきた。ちょっとした言い合いになり、意図せず彼は一週間限定で瑠偉の子守をすることになった。

咄嗟の思いつきにしても、なぜ別れた恋人の弟に子守をさせようとしたのかわからない。それも、部屋を与えてまでともなると、自分のことながら理解に苦しむ。

「彼とは相性が悪いんだよな……」

奈津樹から紹介されたときのことを思い出し、苦笑いを浮かべる。

あの日の優那は、あまりにも印象が悪かった。姉の恋人に対して、こんなにも嫌悪感を剝《む》き出しにするものだろうかと不思議に思うほど、彼の態度はあからさまだったのだ。

ひとりきりの肉親を奪われ、怒りを覚えているのかもしれないと考えたが、あとになって奈津樹から聞いた話によれば、血の繋がった姉弟ながらも互いに対して無関心だという。

どちらにしろ、たとえ恋人の弟であっても、初対面で気にくわない顔をされれば腹が立つものであり、よくない印象を持ってしまったのだ。

そうしていきなり訪ねてきたかと思えば、優那の態度は相変わらず悪く、つい嘘をついてしまった。

奈津樹と別れたのは事実だが、他人の子の面倒を見るのが嫌になり、恋人関係を解消して出て行ったわけではない。

嫉妬深い彼女は、同棲を始めてなお取り沙汰されるこちらの女性関係に怒りを爆発させ、別れを切り出してきたのだ。

大学三年のときに俳優としてデビューしてから十年が過ぎたが、人気女優と共演するたびに関係が話題になり、写真に撮られ、女性週刊誌に記事を書かれた。

仲のいい友だちだと答えたところで、納得してもらえることは少ない。記事として掲載されたことがあたかも真実のように広まっていき、共演女優喰いのレッテルを貼られたのだ。

華やかな世界に身を置いているかぎりしかたないのだと諦めてはいるが、スキャンダルが元で真剣につき合っている相手から幾度となく別れを告げられてきた。

奈津樹もそうした巷《ちまた》の噂《うわさ》に翻弄《ほんろう》され、恋人の言葉を信じられなくなったひとりだ。

姉に会いにきた優那に対して、最初から嘘をつく気など毛頭なかった。ただ、事実を伝えているにもかかわらず、食ってかかられたあげく悪者扱いされ、つい嘘をついてしまったのだ。

嘘を正当化するための言葉が、結果的に子守へと繋がったのだが、驚くほど優那に懐いていく瑠偉を見ていると、少しのあいだなら彼に任せてもいいのではないだろうかと、そんなふうに思えてきた。

「やけに静かだな……」

瑠偉のためにリビングルームや廊下の明かりは消さないよう伝えてあり、あちらこちらが明るいのはいいのだが、人の気配がまったく感じられない。

瑠偉を寝かしつけた優那は、自分の部屋に戻って仕事でもしているのだろう。彼の部屋にはあとで顔を出すことにし、子供部屋の扉をそっと開ける。

こちらも明かりは点《つ》いたままだ。怖がりで暗闇を嫌う瑠偉は、常夜灯の明かりくらいでは眠ることができず、真夜中でも部屋の電気は煌々《こうこう》としていた。

「はぁ……」

瑠偉が眠るベッドに目を向けたとたん、大きなため息をもらした久遠時は、忍び足で子供部屋に入っていく。

タオルケットで肩まですっぽり覆われている瑠偉は、愛らしい寝顔で気持ちよさそうに眠っている。

それはいつもと変わらない姿なのだが、あろうことか瑠偉の隣に優那が寝そべっているのだ。

「子守が一緒に寝てどうするんだ」

ベッドの脇に立ち、瑠偉と同じように熟睡している彼を見下ろす。

二人で一緒に風呂に入ったのか、どちらもすっきりとした顔をしていて、髪がふわふわしている。

優那がパジャマに着替えていないところをみると、瑠偉を寝かしつけるつもりで添い寝をしているうちに、自分も眠ってしまったのだろう。

「子守くらいできるって言ったのは誰だよ」

初日に子供と一緒に寝てしまうベビーシッターなど考えられない。本来の仕事ではないとはいえ、緊張感のなさに呆れてしまう。

「おい」

軽く肩を揺すってみると、小さな唸《うな》り声をもらして寝返りを打ち、優那が仰向けになる。

けれど、目を覚ました気配はなく、まだスヤスヤと寝息を立てていた。

「まったく……」

あどけない寝顔にため息がもれる。

二十五歳になると聞いていたが、こうして瑠偉と並んで寝ている姿を見ていると、まるで子供が二人いるかのようだ。

あまりにも気持ちよさそうな寝顔に、このまま寝かせてやろうかとも思ったが、甘やかしてはいけないと考え直し、もう一度、肩を揺する。

「おい、起きろ」

先ほどより少し強めに揺すったせいか、パッと目を開けた優那が、驚きの顔でこちらを見上げてきた。

「しっ」

今にも大きな声を出しそうな顔つきに、久遠時は人差し指を唇にあてて黙らせる。

ひとしきりこちらを見つめていた彼は、ようやく状況を把握したのか、瑠偉を気遣いながら

身体を起こし、ベッドから下り立った。

片手で部屋を出るよう合図を送り、忍び足で廊下に出て行く久遠時を、彼がすぐに追ってくる。

足を止めて彼が子供部屋のドアを閉めるのを確認し、リビングルームに向かう。彼はなにも言わずあとについてきた。

「そこも閉めてくれ」

久遠時がキッチンから声をかけると、リビングルームに遅れて入ってきた優那が、ハッとした顔で振り返り、静かにドアを閉めてこちらに向き直る。

「酒は飲めるんだろう？　ビールでも飲むか？」

「はい……」

恐縮したように小さな声で返事をした彼が、キッチンに歩み寄ってきた。

「そっちでいいよ」

ソファをあごで示した久遠時は、冷蔵庫から取り出した二本の缶ビールを手にリビングに向かう。

「べつに居候《いそうろう》してるわけじゃないんだから、俺を待たずに座っていいんだぞ」

手持ち無沙汰な様子で突っ立っている優那を促し、大きなソファの中央にどっかりと腰を下ろす。

まだ立っている彼は、どこに座るべきかを迷っているようだ。座ったまま身を乗り出した久遠時が、細長いガラスのテーブルの向こう側に缶ビールを置くと、彼はその前に腰かけた。

「今日は瑠偉となにをしてたんだ？」

優那に訊ねながら缶のタブを開け、渇いた喉に冷えたビールを一気に流し込む。

テーブルから缶を取り上げてタブを開けた彼は、つき合い程度に一口だけビールを飲み、こちらに視線を向けてきた。

「久遠時さんが出かけたあとは、一緒に遊んで瑠偉君は昼寝をして昼食に焼きそば……あっ」

「どうした？」

不意に口を噤《つぐ》んだ彼を、訝しく思って見返す。

「冷凍庫にあった焼きそばとピラフを瑠偉君と一緒に僕もいただいたんですけど……」

「君だって飲まず食わずじゃいられないだろう？　好きに飲み食いしてかまわない」

優那もそのつもりでいるだろうと、あえて言わずに出かけてしまっていた。

彼は行きがかり上、子守を引き受けたにすぎないはずだ。瑠偉の世話をしつつも好き勝手に過ごすだろうと思っていただけに、わざわざ確認してきたのは意外だった。

「あと、瑠偉君の夕食はどうしていたんですか？　冷蔵庫には料理をするような材料がなにも入っていませんでしたけど？」

優那がさも不思議そうに首を傾《かし》げて見返してきた。

昨日とは打って変わって、彼は言葉遣いが丁寧になっている。興奮して言い合いになると言葉が乱暴になるだけで、普段は歳上に対して気遣いができるらしい。

こうして話をしていると、いろいろな面が見えてくる。彼に対して持っていた印象が、少しずつ変わっていく。

「奈津樹がいたときは彼女が作ってくれていたけど、この一週間は夕方になるとベビーシッターが瑠偉と散歩がてら買い物に行って、食べたいものを買ってもらっていた。瑠偉には悪いと思っているけど、俺も仕事があってどうにもならないんでね」

ありのままを話して聞かせ、缶ビールを呷《あお》る。

瑠偉には手料理を食べさせてやりたいのだが、いきなり奈津樹に出て行かれてしまい、可哀《かわい》相《そう》な思いをさせているのが現状だ。

子供の世話を喜んでしてくれる身内はいる。ただ、久遠時としては、どうあっても自分の手で育てたいので頼みたくないのだ。

なにかと食ってかかってくる優那のことだから、出来合いのものばかり食べさせていることに文句を言ってくるに違いない。

けれど、この件に関しては、自分でも瑠偉に申し訳ない気持ちがあり、多少の文句は聞く覚悟があった。

「買ってきたものばかりじゃ瑠偉君の身体にもよくないし、材料があれば僕が料理しますけど？」

「君が？」

文句を言うどころか驚きの提案をされ、久遠時は思わず目を瞠《みは》る。

「ひとり暮らしが長いから、料理、洗濯、掃除はひととおりできます」

優那はそれくらい誰でもできると言いたげだったが、フィギュアのことにしか興味がないと聞かされていただけに、少しばかり見る目が変わってきた。

「それなら、子守以外に家事も頼んでいいか？」

「料理の他にも？」

優那があからさまに嫌そうな顔をする。

気持ちがすぐ顔に出てしまうタイプのようだが、話していてわかり易いだけに助かる。

しかたなく引き受けた彼としては、子守だけでも面倒だと思っていることだろう。そのうえ家事まで頼まれていい顔をするわけがない。それは百も承知だった。

「もちろんタダでとは言わない。一週間、子守をしてもらうのに、俺だって君にタダ働きはさせられないし、家事全般を引き受けてくれるなら、それ相応の額は出すよ」

ここにきて報酬の提案をしたのには、大きな理由があった。

当初の彼はすぐに嫌気が差して出て行きそうだったが、瑠偉に対する思いやりをみせた今の彼は期限を全《まっと》うしそうに感じられる。そうなると、さすがに無償で一週間も働かせるわけにはいかないからだ。

「姉さんが出て行ってからは、どうしていたんですか？」

「三日に一度、ハウスキーパーに来てもらっている。ちょうど昨日、来てくれたばかりだから、部屋も綺麗になってるだろう？　でも、俺がいないときに、他人を何人も家に上げるのはあまり好きじゃないんだ」

「僕だって他人ですよ。それに……」

すぐさま言い返してきたものの、優那は途中で口籠もってしまった。

無理難題を言うなと怒ってもよさそうなのに、どうしたのだろうか。口を閉ざしてしまった彼を見つつ考えを巡らせた久遠時は、大事なことを忘れていた自分に気がつき、苦笑いを浮かべる。

「そうか、君には仕事があったな」

ため息交じりに言って、残り少ないビールを飲み干す。

ベビーシッターやハウスキーパーに任せるのは楽なのだが、依頼するのに手間がかかる。なにより、仕事に徹するプロフェッショナルとはいえ、本来はまったく知らない人間に子供を預けたり、家事を任せたりしたくないのだ。

その点、優那は他人ではあるが、つい最近まで一緒に暮らしていた恋人の弟であり、すべてを頼めるのであれば、面倒がなくていい気がした。

けれど、彼にも仕事がある。さすがに、家事まで頼むのは要求が多すぎるというものだ。

「まあ、無理にとは……」

「いいですよ、掃除とか洗濯をしながらでも仕事はできますから」

遮《さえぎ》るようにしてそっけなく答えてきた優那を、空になった缶をテーブルに下ろしていた久遠時は、まさかといった思いで見返す。

「いいのか？」

確認すると、彼は無言でうなずいてきた。

「助かるよ。で、日払いと後でまとめて払うのとどっちがいい？」

「後でいいです」

「じゃあ、食材を買うお金だけ、とりあえずすぐに用意する」

「はい」

優那が返事をしたところで交渉成立となり、久遠時は胸を撫で下ろす。

子守などやっていられるかと、一日、二日で逃げ出すだろうと予想していたが、どうやら約束の一週間は務めを果たすつもりでいるらしい。

次のベビーシッターを探すまでに猶予《ゆうよ》ができ、ハウスキーパーもしばらく頼まなくてすむと思うと気持ちが楽になり、新たなビールを冷蔵庫まで取りに行く。

優那はさほど酒に強くないのか、遠慮しているだけなのか、最初に口をつけただけだ。

自分のぶんだけを持ってソファに戻ると、やはり彼はビールを飲むでもなく、缶を見つめていた。

「ところで、奈津樹と電話が繋がらないって言ってたけど、連絡ついたのか？」

ソファに腰を下ろして訊ねた久遠時に、顔を上げた優那が首を横に振ってくる。

「まだです。っていうか、電話をかけてないので」

「姉弟二人きりなんだろう？　気にならないのか？」

缶のタブを開けつつ素朴な疑問を投げかけてみると、今度はどうでもいいように肩をすくめてきた。

「お互い自由に生きてきたし、姉のことだからそのうち向こうから電話をかけてくるんじゃないかと」

「干渉し合わないのは勝手だけど、電話も繋がらなくて行き先もわからないのに、まったく心配しないっていうのもどうかと思うぞ」

優那の言い分は、とうてい理解し難い。

身内と連絡がつかなくなれば誰もが慌《あわ》てる。ましてや、どこで暮らしているかもわからないのであればなおさらだ。

両親を失って二人きりの姉弟だというのに、あまりにも無関心すぎるような気がしてならなかった。

「結婚を前提に同棲を始めておきながら、行き先も訊かずに姉を追い出した人に、とやかく言われたくないね」

刺々《とげとげ》しい口調で言い返してきた彼が、そっぽを向いてビールを飲む。

今日初めて彼の乱暴な物言いを耳にした。本来なら癇《かん》に障《さわ》りそうなものだが、なぜか今はムキになった彼が子供っぽく感じられ、思わず笑ってしまう。

「君は本当に可愛げがないな」

「大きなお世話だよ。これ、もらっていくから」

笑われて腹を立てたのか、いきなり缶ビールを手にソファから立ち上がり、廊下に続くドアに向かって歩き出す。

「おやすみ」

座ったまま声をかけると、ピタリと足を止めた彼が振り返ってきた。

「仕事が残ってるんだから、まだ寝ないよ」

尖った声で言い返してくるなり前に向き直る。

昨日は生意気に感じたが、このほうが彼らしくていい。それに、こちらも気を遣わなくてすみそうだ。

「明日の朝は幼稚園まで瑠偉を送って行くんだから寝坊するなよ」

「わかってる」

久遠時がわざときつめに注意を促すと、優那は間髪容れずに返事をしてリビングルームを出て行った。

かなり機嫌が悪そうだったが、乱暴にドアを開け閉めすることもなく、廊下から聞こえてくる足音も静かなものだ。寝ている瑠偉を気遣う冷静さは残っているらしい。

「面白いヤツ」

ソファの背に寄りかかって大きく伸びをしながら、優那が姿を消したドアをひとしきり見つめた。

彼は実際の年齢より若く見える外見をしているが、どうやら中身も見た目と同じく子供っぽいところがあるようだ。

子守などとうていできそうにないと踏んだから、彼をわざと煽《あお》ってみたのだが、意外にも上手くいっているのは、子供寄りの性格をしているからかもしれない。

そして、ベビーシッターに懐かない瑠偉がすぐ彼に懐いたのは、そうしたところを敏感に感じ取ったからなのだろう。

「楽しい一週間になりそうだ」

煽っただけ乗ってくる優那が面白くてならない久遠時は、新たに始まった三人での暮らしに期待しつつ、仕事の疲れも忘れてひとりで飲むビールを楽しんでいた。

＊＊＊＊＊

缶ビールを片手に部屋へ戻ってきた優那は、ベッドの端に腰かけるなり一気に呷り、デニムパンツの尻ポケットに入れていた携帯電話を取り出した。

「なんでアイツは、いちいち感じの悪い言い方をするんだ？」

久遠時のひと言ひと言が気に入らない。

しかし自分勝手な男だと決めてかかっていただけに、思っていた以上に子供のことを考えている彼に感心した。

ただ子守を押しつけたわけではなく、対価を支払うつもりでいたのだと知り、真っ当なところもあるのだと驚きもした。

なのに、それほど悪い男ではないのかもしれないと思い始めた矢先、奈津樹との関係をとやかく言われ、見直す気持ちも失せてしまった。

「連絡すればいいんだろ、連絡すれば」

いきなり住み込みで子守をすることが決まり、昨日は奈津樹に電話をするどころではなかっただけで、久遠時に言われるまでもなく連絡をするつもりはあったのだ。

飲みかけの缶ビールを床に下ろし、携帯電話のアドレスから奈津樹の番号を呼び出し、すぐさまかける。

間もなくして呼び出し音が聞こえてきた。昨日とは異なり、続けて癇に障る音声アナウンスが聞こえてこないことに安堵《あんど》する。

『優那？　久しぶり～、急にどうしたの？』

電話が繋がるなり、明るい奈津樹の声が耳に飛び込んできた。

恋人と別れて間もない女性とは思えない陽気さに、自分の姉ながら違和感を覚える。

「どうしたのじゃないよ、久遠時さんと別れたんだって？」

『あらもう知ってるの？　もう彼とはやっていけそうになくて、別れるって決めたの』

奈津樹はやけにあっけらかんとしていた。

久遠時に追い出されたとばかり思っていたが、どうやら自分から出て行ったというのは本当だったようだ。

となると、瑠偉の面倒を見るのが嫌になったというのも本当なのだろうか。奈津樹らしくないような気がしてならないが、電話の口調には深刻さがまったく感じられず、あり得ることかもしれないと思えてくる。

「で、今はどこにいるんだよ？」

『お友だちのところ』

「ずっと友だちの家に居候する気なのか？」

いくら干渉し合わない姉弟とはいえ、奈津樹がずっと人の世話になっているともなれば心配してしまう。

『帰ってきてから考えるつもり』

「帰ってきてからって？」

『そうそう、あんたに言わなくちゃって思ってたんだわ』

「なにを？」

笑いを含んだ奈津樹の声に、わけのわからない不安を覚える。

『前から決めていたんだけど、明日からワーキングホリデーでオーストラリアに行くの』

「はぁ？」

驚きと呆れが同時に押し寄せ、耳に押し当てている携帯電話を落としそうになった。

慌てて握り直し、奈津樹の話に意識を集める。

『三ヶ月の予定だから、時間があったら遊びに来ていいわよ』

悪びれた様子はいっさい感じられない。

もう勝手にしろといった気分になってくる。

「行くのはいいけどさ、連絡先とか教えてくれないと困るよ」

『あとでメールするわ。今、荷造りで忙しいの、ゴメンネ』

長々と話している暇はないのか、奈津樹が電話を早く切りたがっているのがありありと声から伝わってきた。

「わかった、じゃあ、気をつけて」

『あんたも仕事、頑張りなさいよ』

「ちゃんとやってるよ」

『じゃーねー』

浮ついた声を最後に電話が切れ、優那は携帯電話のボタンを押しつつ大きく肩を落とす。

「なんだよ、オーストラリアって……傷心旅行ならまだしも、ワーキングホリデーで行くなんて心配して損した」

携帯電話を握ったまま後ろに倒れ、深いため息をもらした。

奈津樹の性格は弟である自分が誰よりもわかっているつもりでいたが、どうやらそれは勘違いだったようだ。

互いにひとり暮らしを始め、まったく別の道を歩むようになってから、すでに長い年月が過ぎている。

人は自分でも気づかないうちに変化していく。歳を重ねるごとに奈津樹も考え方が変わっていったのだろう。会って話をする機会も減ってきているのだから、気づかなくてもしかたないのかもしれない。

これまで、それぞれに自分の好きな道を進んできた。これからも、きっとそれは変わらないのだ。奈津樹が元気でいるのなら、それでいいのではないかと思い直す。

「あーあ……」

苦々しい顔で天井を見つめる。

奈津樹の切り替えの早さに呆気に取られ、自分の近況を伝えそびれてしまった。

引っ越し代を用立ててもらうつもりでいたが、海外に行く彼女はそれどころではなさそうであり、とても頼む気になれない。これはもう、自力でどうにかするしかなさそうだ。

それに、あれこれ話をしていたら、彼女が久遠時たちと暮らしていたマンションに、今は自分が住んでいることを聞かせる羽目になっていただろう。

「気分のいい話とは思えないし、言わなくてよかったのかも……」

一週間限りのことではあるが、子供の世話を嫌がって出て行ったという奈津樹には、教えずにいたほうがいいように思えた。

「瑠偉君は可愛いけど、ただ子守をするのと母親になるのとでは違うもんなぁ……」

奈津樹は一度も結婚をしたことがないだけに、気持ちはわからなくもない。

とはいえ、彼女に懐いていたらしい瑠偉のことを思うと、弟として少なからず責任を感じてしまう。

「たったの一週間だけど、できるかぎりのことをしてあげなきゃ」

久遠時は気に入らないが、瑠偉は無条件で可愛い。瑠偉とだけならば、いくらでも楽しく過ごせる自信がある。

とはいえ、三人で暮らしているのだから、父親である久遠時をないがしろにはできない。彼からなにか言われるたびに苛立ち、つい食ってかかってしまうが、瑠偉のためにも少し抑えたほうがよさそうだ。

「三人で楽しくかぁ……」

すっかり懐いてくれている瑠偉とは、間違いなく楽しくやっている。問題なのは、ことあるごとに腹立たしい言葉を口にしてくる久遠時だ。

携帯電話をベッドに放り出し、ゴロリと寝返りを打った優那は、久遠時にどう接したら上手くやっていけるだろうかと、あれこれ思いを巡らせていた。

第三章

瑠偉が通っていることりの虹幼稚園は、マンションから徒歩で十五分ほどの距離にあり、車であれば五分とかからない。

有名人がこぞって自分の子供を通わせることで有名な、都内でも屈指の私立幼稚園だ。

園舎と園庭は高い塀でぐるりと囲われ、正門の左右に防犯カメラが設置され、二人の警備員が立っている。

「これが幼稚園……」

撮影スタジオに向かうという久遠時が運転する車に瑠偉と一緒に乗り、ことりの虹幼稚園まで送ってもらった優那は、幼稚園のイメージを覆《くつがえ》すような豪奢《ごうしゃ》な造りに呆気に取られていた。

「先生に紹介するから一緒に来てくれ」

久遠時に促され、瑠偉と手を繋いで厳重に守られている門を抜けていく。

このあと撮影がある久遠時は、白地にピンクの細いストライプが入った半袖のシャツに、黒いパンツを合わせている。瑠偉は黄色で縁取りが施された、水色のスモックと膝丈のパンツという幼稚園の制服を着ていた。

服装にまったくこだわりがない優那は、紺色のTシャツにデニムパンツといった、普段とさして変わらない格好をしている。

砂場や幾つもの遊具がある広い園庭に入っていくと、すでにたくさんの園児と保護者の姿があった。男児を除けば、男性はひとりもいない。

可愛らしいエプロンをしている女性教諭、裕福さを誇示するかのように朝から化粧をして着飾っている母親は、みな二十代後半から三十代前半といったところだ。

登園してきたばかりの園児たちは、早々に母親から離れ楽しげにはしゃいでいる。

「おはようございま～す」

久遠時の姿に目を留めた保護者のひとりが甲高《かんだか》い声で挨拶をしてくると、園庭にいる大人の視線がいっせいにこちらに向く。

瑠偉をあいだに挟んで彼と並んで歩いている優那は、熱を感じる母親たちの視線に怯んだ。

彼女たちは有名芸能人の久遠時しか眼中にないのだとわかっているが、多くの女性から注目を浴びたことがなく、目のやり場に困ってしまう。

「おはようございます」

にこやかに挨拶を返した久遠時は、集まっている母親たちの輪に当然のように入っていく。

「新しいドラマの撮影が始まったんですってね？」

「楽しみにしてますのよ～」

母親たちは声高に騒ぐことはないが、久遠時に間近に接することができる嬉しさからか、みな色めき立っている。

「ありがとうございます。放送のスタートはまだ先ですが、始まりましたらよろしく」

久遠時は嫌な顔ひとつすることなく、笑顔で応じていた。

（愛想よくできるんじゃないか……）

優那は女性ばかりの園庭で居心地の悪い思いをしながらも、人が変わったような態度の彼を呆れ顔で見つめる。

「瑠偉君、おはよう。今日も元気そうね？」

「とーがねしぇんしぇー、おはようごじゃいます」

パンダが描かれた胸当てつきのエプロンをしている教諭に向け、大きな声で挨拶をした瑠偉が、ぺこりとお辞儀をする。

瑠偉に微笑みを向けていた教諭が、訝しげな顔で優那を見てきた。どう対応したらいいのかを迷い、瑠偉の手を握ったまま久遠時に視線だけで救いを求める。

「東金《とうがね》先生、新しいベビーシッターの園山君です。今日からしばらく彼が瑠偉の送り迎えをしますので、よろしくお願いします」

ここでの久遠時は笑みを絶やさない。けれど、その笑顔はテレビや雑誌で見かける気取ったものではなく、親しみが感じられた。

ただそこにいるだけでも絵になる人気俳優の彼から、友好的な笑みを向けられて嫌な思いをするわけがなく、園庭にいる女性たちはみな虜《とりこ》になっていることだろう。

癪《しゃく》に障る言い方をされ続けている優那は、外面《そとづら》ばかりいい久遠時に対して反感を抱いた。

(誰もコイツの本性を知らないんだよなぁ……)

実際の久遠時は性格が悪いのだと、なにも知らない女性たちに言い触らしたくなったが、大人げないと我慢する。

「瑠偉君の担任をしております東金です」

素性がわかったとたんに表情を変えた東金が、にこやかに挨拶をしてきた。

「はじめまして、今日から瑠偉君の送り迎えをする園山です。よろしくお願いします」

慌てて笑顔を取り繕い、深く頭を下げる。

「男性のベビーシッターは珍しいと思いますけど、瑠偉も珍しく彼には懐いているんです」

「よかったじゃないですか。もう瑠偉君もお家に帰りたくなーいって、言わなくなりますよ」

「母親がいればベビーシッターを頼む必要もないんですけど、こればかりはどうしようもなくて」

「久遠時さんは男手ひとつで頑張って瑠偉君を育てていらっしゃいますよ。瑠偉君が素直でいい子に育ったのは、久遠時さんが愛情をたくさん注いであげているからだと思います」

「そうですか？　僕は愛情を注ぎ足りないくらいに思ってますけど」

久遠時が軽く肩をすくめると、東金が瑠偉の前にしゃがみ込んだ。

「瑠偉君が一番、好きな人はだーれ？」

「パパー」

目の高さを合わせて訊ねた東金に即答した瑠偉が、握り合っていた優那の手を放し、満面の笑みで見上げげつつ久遠時の脚に抱きついた。

「パパも瑠偉が一番、好きだよ」

屈み込んで瑠偉を抱き上げた久遠時が、ほんのりと桜色に染まっている柔らかそうな頰に唇を押しつける。

「さあ、みんなと遊んでおいで」

地面に下ろした瑠偉を愛しげに見つめ、ポンと片手で尻を叩く。

遊具で遊び始めている園児たちに向かって瑠偉が走り出すと、久遠時は立ち上がった東金と改めて向かい合う。

「じゃあ、今日もよろしくお願いします」

「了解です」

片手をサッと額に添え、敬礼のマネをした東金が、悪戯《いたずら》っぽく笑った。

「行こうか」

久遠時の子煩悩《こぼんのう》振りを感心して見ていた優那は、急に声をかけられて慌てる。

「あっ……はい」

門に向かって歩き出した彼のあとを、急いで追いかけていく。

擦れ違う保護者たちに愛想よく会釈しつつ幼稚園を出た彼は、塀沿いに停めてある車まで行くと、運転席側のドアを開けて乗り込んだ。

「俺はこのままスタジオに行くが、迷子にならずにマンションまで帰れるよな？」

シートベルトを締めながら、優那をからかってきた久遠時が、開けたままにしていたドアに手を伸ばす。

「帰れるに決まってるだろ」

子供扱いされて腹を立てた優那が即座に言い返すと、彼はなにも言うことなく笑ってドアを閉めた。

エンジンがかかる音が聞こえ、間もなくして久遠時の車が動き出す。見送るのも馬鹿らしい気がし、背を向けて歩き出す。

「まったく、二重人格なんじゃないのか？」

教諭や保護者には愛想よく振る舞うというのに、彼女たちのそばを離れたとたんに態度が変わる久遠時には呆れてしまう。

「人気俳優だから世間体ってものがあるにしても、あの言い方は気に入らないよな……」

マンションに歩いて戻る道すがら、優那はひとり愚痴を零《こぼ》す。

瑠偉を思う気持ちは人一倍強そうで、父親としては満点をあげてもいいくらいだ。女性に愛想がいいのも、モテる男としては当然なのかもしれない。

「アイツになんかしたっけ？」

自分に対してだけ手厳しいのは、なにか理由があるはずだ。

別れた恋人の弟だから憎まれているのだろうか。けれど、そんな相手に自分の子供の世話をさせるとは思えない。

「初めて会ったときに、そっけなくしたくらいだよなぁ……」

一方的にこちらが嫌っているものとばかり思っていたが、久遠時も自分に対して似たような感情を持っている。

彼を嫌悪する理由はいくらでも並べられる。でも、自分が彼に嫌われる理由がわからない。嫌われたところで痛くもかゆくもないのだけれど、モヤモヤしたものが残る。

「どうせ一週間なんだ、深く考える必要はないさ。それより、早く仕事を片づけないと」

考えたところで意味がないと思い直した優那は、昨夜やり残した仕事をするために、急ぎ足でマンションに向かった。

＊＊＊＊

マンションに戻った優那は、部屋のテーブルに置いたパソコンを前に、ホビー誌から依頼されている記事をまとめていた。

小さなフィギュアを組み立て、彩色《さいしき》を施していく細々とした過程を文字にするのは難しく、実際に製作をしているときよりも時間がかかる。

最初は瑠偉を迎えに行く時間を気にしていたのだが、執筆作業に没頭するあまり、途中から時計を見るのも忘れていた。

「はぁ……」

両手を広げて伸びをした瞬間、目に飛び込んできた時計の数字に息を呑む。

「うわっ」

泡を食ってファイルを保存し、パソコンの電源を落とす。

瑠偉を迎えに行かなければいけない時間を、すでに十分以上も過ぎているのだ。

迎えの時間には絶対に遅れるなと、久遠時は口が酸っぱくなるほど言っていた。

十分くらいの遅れであれば、幼稚園で遊んでいる子供は気づきそうにないが、瑠偉は短い時間でも不安に思ってしまうらしい。

「瑠偉君……」

泣き顔が脳裏を過ぎり、ますます慌てる。

片づけもそこそこに玄関を飛び出そうとしたところで、いきなりインターホンの呼び出し音が鳴り響き、駆け足でリビングルームに戻っていく。

インターホンの画面には、老齢の男女が映っている。いったい誰だろうかと訝しがりながら、受話器を取り上げた。

「はい、どなたですか?」

『岳瑠さん、こんにちは』

カメラに近づいてきた女性の顔が、画面一杯に映し出される。

女性が名乗らなかったのは、久遠時であれば画面を見てわかる相手だからだろう。

「すみません、久遠時さんは出かけていて留守です」

『あら、あなたはどなた?』

部屋の主とは異なる男の声を不審がったように、女性が眉を顰《ひそ》める。

「僕は瑠偉君のベビーシッターです。失礼ですが、どちら様でしょうか?」

こうしているあいだにも、刻々と時間が過ぎていく。

早く瑠偉を迎えに行きたいのにと、気持ちばかりが焦った。

『瑠偉は私たちの孫ですの』

「あっ……すみません、今、下りていきますので、そこで待っていてください」

インターホンの受話器を戻した優那は、リビングルームを飛び出して玄関に向かう。

まさかこの状況で、瑠偉の祖父母が訪ねてくるとは思ってもいなかっただけに、激しく動揺していた。

「岳瑠さんって呼んだから、亡くなった奥さんのほうのご両親かな……」

玄関の鍵を締め、廊下を駆け抜け、ようやく到着したエレベーターに乗り、一階で扉が開くなりロビーに走る。

「お待たせしました」

自動ドアの向こうで待っていた、品の良い老夫婦に声をかけた。

「はじめまして、瑠偉君のベビーシッターをしている園山です」

自ら名乗った優那が深く頭を下げると、老夫婦が無言で顔を見合わせる。

男のベビーシッターというだけでなく、どこにでもいるような若者だったことに驚いているようだ。

「奈津樹さんとかいう女性の方と暮らしていたはずだけど、どうなさったのかしら？」

どうやら彼らは同棲相手の存在を知っていたらしい。名前を口にしたくらいだから、顔を合わせたことがあるのかもしれない。

ここで奈津樹の弟だと名乗ったりしたら、子守をすることになった経緯を説明する羽目に陥りそうだ。

できるだけ早く切り上げ、瑠偉が待つ幼稚園に向かいたい思いがある優那は、その場しのぎの答えを返す。

「あっ、あの……よくわかりませんけど、その女性はいらっしゃらないようです」

「あら、いやだ。また別れたのかしら？」

女性がまたしても男性と顔を見合わせた。

「どうせ長続きしないと思ってたんだよ」

「もう少し子供のことを考えてもらわないと困るわよねぇ」

「まったく」

男性が渋い顔で同意する。

二人の会話から、あまり久遠時をよく思っていないことが察せられた。

久遠時は誰よりも瑠偉を一番に考えている。義理の両親がそこを否定したともなると、いくら彼を嫌悪していても腹立たしい思いがあった。

とはいえ、ただのベビーシッターでしかない自分が口を出すのもおかしい。なにより、ここで無駄に時間を使いたくなかった。

「すみません、僕、これから急いで幼稚園まで瑠偉君を迎えに行かなければならないので、日を改めていただけますか?」

「瑠偉君を待たせたら可哀相だわ。早く行ってちょうだい」

孫のことを思う女性が、急《せ》かすように片手を振ってくる。

「慌ただしくてすみません」

「瑠偉君をよろしく頼みますよ」

「はい」

大きくうなずき返した優那は、柔らかに微笑んだ女性と黙ってこちらを見ている男性に会釈し、走ってマンションを出て行く。

幼稚園までは歩いて十五分だが、全速力で走れば十分を切れそうだ。老夫婦との会話でどれだけ時間を使ったかわからないが、とにかく急ぐしかない。

照りつける太陽に汗が噴き出し、息が切れそうになっている。それでも休むことなく走り続けると、ようやくことりの虹幼稚園の高い塀が見えてきた。

「何時だ……」

デニムパンツの尻ポケットから携帯電話を取り出し、走りながら時間を確認する。

「うそっ……」

予定の時間より三十分近く遅れていた。

「瑠偉くーん」

携帯電話をポケットに突っ込み、瑠偉の名前を呼びながら園庭に入ろうとした優那に、警備員が駆け寄ってくる。

「勝手に入らないでください。身分証を見せていただけますか?」

「あ、忘れた……あの、園児を迎えに来た者なんですけど」

呼吸を荒くしながら説明したが、彼らは前を空けてくれない。

朝、瑠偉を送ってきたときに、彼らには会釈している。けれど彼らには、見覚えのない顔に映っているのだろう。

「僕は東金先生が担任している、久遠時瑠偉君のベビーシッターです。今朝もここまで送ってきました」

中に入れないもどかしさに焦《じ》れきっていると、園児と手を繋いで門を出てきた女性が声をかけてきた。

「あら、今朝、久遠時さんと一緒にいた人よね？」

「はい。瑠偉君を迎えに来たんですけど、足止めされてしまって」

顔を覚えてくれていた彼女であれば、警備員に納得のいく説明をしてくれるだろうと、優那は救いを求める視線を向ける。

「久遠時さんのお宅で働いているベビーシッターさんだから、怪しい人じゃなくてよ」

「失礼しました。どうぞ」

急に態度を変えた警備員が、門の中に向けて片手を差し出してきた。

「ありがとうございました」

「どういたしまして」

微笑む女性に頭を下げ、園庭に入っていく。

「瑠偉くーん！　迎えに来たよー」

大きな声を園庭に響かせると、砂場で背を丸めてしゃがみ込んでいた園児がすっくと立ち上がった。

「ユーナー」

黄色いスコップを持つ手を高く挙げた瑠偉が、こちらに向けて大きく振ってくる。

「瑠偉君……」

元気な様子に胸を撫で下ろした優那は、ニコニコしている瑠偉に駆け寄っていった。

ほぼ同時に、手にしているスコップを放り出した彼が、こちらに向かって走り出す。

「瑠偉君、遅くなってごめんね」

「ユーナ」

嬉しそうな笑顔で体当たりされ、逆に申し訳なさが募ってきた。

「明日からは絶対に遅れないから」

屈み込んで瑠偉を抱き上げ、頰を擦り寄せる。

「東金先生は？」

挨拶をするために東金の姿を探していると、尻ポケットに入れている携帯電話が鳴った。

「なんで？」

携帯電話を取り出して表示された名前を見た優那は、いったん瑠偉を地面に下ろし、手を繋いで電話に出る。

「はい、園山です」

『今、どこにいるんだ？』

いきなり久遠時の怒鳴り声が響いてきた。

耳が痛くなるほどの大きな声に、彼がかなり怒っているとわかる。遅れたことは知らないはずなのに、なぜだろうか。

「瑠偉君と幼稚園にいます」

『到着したんだな？』

「はい……」

やはり彼は遅刻したことを知っているようだ。どうしてわかったのだろうかと訝しがっていると、またしても怒鳴り声が響いてきた。

『俺は迎えに遅れるなとさんざん言ったはずだ。それなのに、瑠偉を待たせるとはどういうつもりだ？』

「すみません、本当にすみませんでした……」

弁解の余地もなく、その場に立ったままひたすら詫《わ》びて頭を下げる。

相手がいない状況で何度も頭を下げる優那を、瑠偉が不思議そうに首を傾げて見てきた。

『瑠偉を出せ』

「瑠偉君、パパからだよ」

久遠時からきつい声で命じられ、瑠偉の手に携帯電話を持たせる。

「パパー、ルイねぇ、ユーナとこれからおうちにかえるんだよー」

待たされたことを気にした様子もなく、瑠偉は嬉しそうに笑っているが、久遠時はなにを話しているのだろうか。

父親の声に耳を傾ける彼を、やきもきしながら見守る。間もなくして瑠偉が、こちらを見上げてきた。

「わかったー」

父親に別れを告げ、こちらに携帯電話を差し出してくる。久遠時はまだ怒り足りていないようだ。恐る恐る携帯電話を耳に当てる。

「もしもし……」

『二度と遅れるな』

周りにもれ聞こえそうなほどの大きな声を響かせ、彼は一方的にブチッと電話を切った。

顔を合わせるのが恐ろしくなってしまう怒り具合に、優那は呆然と手にした携帯電話を見つめる。

「はぁ……」

「園山さーん！」

遠くから聞こえてきた声にハッとした顔で振り返ると、園舎から出てきた東金がこちらに向かって走ってきた。

「いらしてたんですね。迎えにいらっしゃらないんで、今さっき久遠時さんにお電話したところなんです」

どうやら、東金から連絡を受けた久遠時が、即行で怒りの電話をかけてきたようだ。

あと数分、待ってくれたらよかったのにと思う。けれど、すべて自分が悪いのだからしかたない。

「すみません、ご迷惑をおかけしました」

優那は神妙な面持ちで頭を下げる。

「遅れそうなときは、幼稚園に連絡を入れてくだされぱいいんですよ」

「あっ……」

東金の言葉に思わず小さな声をもらす。

久遠時から幼稚園の電話番号を教えられていたのに、なぜ思いつかなかったのだろうか。

瑠偉は笑顔で迎えてくれたけれど、心のどこかで不安に感じていたかもしれない。

自分が電話を入れていれば、ささやかな不安すら抱かせずにすんだのだと思うと、悔やまれてならなかった。

「お迎えが遅い親御さんもいらっしゃいますし、一時間くらいでしたら私たちが園児と一緒に遊んでいますので」

「はい、これからは気をつけます」

優那は東金の言葉をしっかりと胸に刻み込み、改めて深く頭を下げた。

「さあ、帰ろうか」

「しぇんしぇー、しゃようなら」

瑠偉が片手を振ってみせると、東金も微笑んで手を振り返す。

「さようなら。また明日ね」

「失礼します」

「お気をつけて」

東金に見送られ、瑠偉と二人で幼稚園をあとにする。

「瑠偉君、今日はお買い物をして帰るよ」

しっかりと手を繋いでいる瑠偉に話しかけながら、ゆっくりとした足取りで幼稚園沿いの道を歩いていく。

今日は久遠時から預かった金で、食材を買って帰るつもりだ。待たせた詫びを兼ねて、瑠偉の好物を作ってあげようと思っている。

「今夜はハンバーグにしようか？　それともカレーのほうがいいかな？」

「うーんと、カレー！」

「じゃあ、今夜はカレーで決まり！」

ことさら明るい声をあげ、繋ぎ合っている手を大きく振って歩みを進めた。

「ユーナァ」

「なぁに？」

こちらを見上げてきた瑠偉を、首を傾げて見下ろす。

「ルイねぇ、シュパゲッティもたべたい。あかいシュパゲッティ」

「赤いスパゲティってナポリタンのこと？」

「しょう、しょれ」

彼が満面の笑みで何度もうなずき返してきた。

「わかった。今夜は両方にしようね」

「うふっ」

嬉しそうな笑い声をもらした瑠偉が、握り合っている手をより大きく振り出す。

久遠時が留守にしているあいだ、彼が頼りにできるのは自分だけだ。絶対に泣かせたり不安にさせたりしてはいけない。

早々にヘマをしてしまった優那は、愛くるしい笑顔を振りまく瑠偉を見つつ、心に強く誓っていた。

＊＊＊＊＊

瑠偉と一緒に風呂に入ってから彼を寝かしつけた優那は、自分の部屋で中断していた仕事を再開させた。

「ああ、そうか……」

文章に詰まって完成した作品を眺めている最中に、彼にロボットのフィギュアをあげる約束をしていたことをふと思い出し、傍らにあるホビー誌を引き寄せる。

「瑠偉君くらいの歳の子はどんなのが好きなんだろう……」

パラパラと捲《めく》りながら、掲載されている写真を眺めていると、ノックの音が聞こえると同時にドアが開いた。

「入るぞ」

久遠時は返事を待たず部屋に入ってきながらも、眠っている瑠偉に気を遣ってか、後ろ手にそっとドアを閉める。

持っていた雑誌を床に下ろし、急ぎ立ち上がった優那は、今にも文句を言い出しそうな彼の先回りをして頭を下げた。

「今日は申し訳ありませんでした。もう二度と瑠偉君を待たせたりしません」

「あれほど言ったのに、なんで遅れたりしたんだ？」

出端《でばな》を挫《くじ》かれた格好の久遠時は、ため息交じりに言ってベッドの端に腰かけ、脚を組んで両手を後ろにつく。

「仕事に夢中になって……本当にすみません」

どんな言い訳も通用しないとわかっている。経緯はどうであれ、瑠偉の子守を引き受けたのは自分に他ならず、ただ詫びるしかない。

「瑠偉は元気で明るい子だが、すごい寂しがり屋なんだ。絶対に泣かすなよ」

「わかってます……」

返す言葉がなかった優那は、神妙な顔でうなずき、視線を足下に落とす。

さらなる小言を覚悟してのことだったが、意外にも久遠時は黙ったままベッドから立ち上がり、作業途中のテーブルに歩み寄って来た。

帰宅してきた彼が、黙っていないだろうことは予測していた。いきなり部屋を訪ねてきたのも、文句が言いたかったからだろう。

こちらがいくら詫びようとも、簡単に許しそうにない印象があっただけに、怒りを露わにしないのが不思議でならない。

「そのオモチャも優那が作ったのか？」

勝手に呼び捨てにされたばかりか、たいせつなフィギュアをオモチャ呼ばわりされ、今夜はおとなしくしていようと思っていたが、黙っていられなくなった優那は彼の正面に立つ。

「オモチャじゃなくてフィギュアだよ」

フィギュアの良さがわからない人間にとっては、取るに足らないものだとわかっている。

だから、これまでは誰になにを言われても聞き流してきた。どれだけ熱く語ったところで、理解してもらえない。それはより近い存在である奈津樹で証明されているからだ。

けれど、久遠時の言葉はなぜか聞き流せなかった。もっとひどい言い方をされたこともあるが、好きに言わせてきただけに、自分でも不思議でならない。

「俺から見ればどれもオモチャだ」

食ってかかった優那を、久遠時がさも馬鹿にしたような顔で見返してくる。

「瑠偉のような子供が夢中になるのはわかるが、いい歳をしてオモチャに夢中っていうのは子供じみてるな」

「そんなことない！　子供向けのオモチャでもフィギュアでも、みんな大人が企画して作ってるんだぞ」

フィギュアを子供のものと決めつけているだけでなく、製作者たちまでをも馬鹿にしたような発言に腹が立ってしかたない。

息も荒く言い放って顔を真っ赤にしていると、久遠時がおかしそうに肩を揺らしながら、優那の頭に手を置いてきた。

「なにムキになってるんだよ？」

まるで幼子《おさなご》の頭を撫でるように髪をクシャクシャとされ、癇に障った優那は彼の手を荒っぽく払いのける。

「あんたが馬鹿にするからじゃないか！　ちゃんと生活できてるんだから、馬鹿にされるいわれはないね」

「たいして稼げてないんだろう？　奈津樹からボロアパートで貧乏生活を送ってるって聞いて

るぞ」

「僕がどんな生活をしていようが大きなお世話だ」

憤慨してそっぽを向くと、彼がわざとらしく身体を傾けて顔を覗き込んできた。

「屋根のあるところに住めて、飢え死にしない程度の生活ができるなら、一生、オモチャを相手に生きていくつもりか？」

「フィギュアはたんなるオモチャじゃないんだよ！　それに、僕は贅沢な暮らしなんて望んでない！」

とやかく言われたくない思いから尖った声をあげ、今度は真っ直ぐに彼を睨みつける。

ドラマやコマーシャルに引っ張りだこの久遠時は、想像を遥かに超えた高額のギャラを得ているはずだ。

確かに収入の面では比べものにならない。稼ぎは微々たるもので、急な引っ越しに対応できないくらい困窮している。

それでも、人にはそれぞれ生き方がある。楽に暮らせればそれに越したことはないが、大好きなフィギュアに携わる仕事ができるのであれば、収入など二の次なのだ。

久遠時にしても、自分の好きなことをして稼いでいるはずだ。嫌々ながら俳優をやっているわけではないだろう。

誰にも譲れないものがある。それが自分にとってフィギュアなだけで、好きだから仕事にした。それを理解しない彼に腹立ちが募った。

「なるほど……」

つかの間、こちらを見つめた久遠時が、床に並んでいるフィギュアを改めて眺める。

まだ言い足りないことがあるのだろうかと身構えた優那の頭に、彼が懲りずにポンと手を置いてきた。

クシャクシャと撫で回される前に身体を引くと、彼が小さく笑いながら宙に浮いた手を引っ込める。

「まあ、頑張れよ」

心にもない励ましの言葉を口にした彼が、呆然としている優那に背を向けドアに向かう。

「ああ、そうだ……」

ドアノブに手をかけたところで、ふとなにか思い出したように彼が振り返ってくる。

「本当なら出て行けと言いたいところだが、待たされても機嫌がよかった瑠偉に免じて、今日のことは許してやる」

久遠時は言うだけ言うと向き直り、ドアを開けて廊下に出て行った。

「むかつくー、なにが瑠偉に免じてだよ……確かに悪いのは僕だけどさあ……」

ドアが閉まると同時に、地団駄を踏んだ。

どうして彼は、神経を逆撫でするようなことばかり言ってくるのだろう。すべての言葉が嫌みに聞こえてくる。

「くそっ……」

腹立ちが治まらない優那は、広い部屋の中を行ったり来たりする。

「フィギュアがどんなものか知らないくせに、勝手なことばっかり……」

不満をぶつける相手もなくひとり愚痴を零していたが、ふと脳裏を過ぎった思いに足を止めてベッドに腰かけた。

「もしかして、初っ端《しょぱな》から遅刻したせいでいい加減なヤツって思われたのかな……」

優那はベッドに座ったまま天井を仰ぎ、下ろしている足を前後に揺らす。

ただフィギュアが好きなだけで、仕事は遊び半分でしているだけだと、彼は勘違いしているのかもしれない。

趣味のために真っ当な職に就かない、だらしがない人間だと思っている可能性がある。

確かに現状の収入は趣味の域を出ていないが、仕事として引き受けたからには全力で挑んでいるのだ。勝手に誤解されたあげく、嫌みを言われたのではたまらない。

一週間の期限が切れるまでにはまだ日がある。最終日までこんな状態が続いたのではストレスが溜まるだけだ。

今以上に苛々《いらいら》が募れば、長く接している瑠偉にも悪影響を及ぼしかねない。健全な子守をするためにも、久遠時とはきちんと話をしておいたほうがよさそうだ。

「お風呂に入っちゃったかな……」

しばらく時間を置いてから久遠時と話し合おうと、優那は覚悟を決めた。

＊＊＊＊＊

シャワーを浴びてバスルームから出てきた久遠時は、タオル地のバスローブ姿のままキッチンに向かい、冷蔵庫から取り出した缶ビールを手にソファに座った。

「ふぅ……」

缶のタブを開けてビールを飲み、首にかけていたフェイスタオルで濡れた髪を拭き始める。

「久遠時さん……」

優那から小さな声で呼びかけられ、タオルで髪を拭きながら振り返った。

「なんだ?」

「少しいいですか?」

彼はやけに神妙な面持ちをしている。

「ああ」

どうしたのだろうかと思いつつもうなずいてみせると、彼が静かに歩み寄ってきた。

「ビールを飲むなら自分で出してくれ」

「はい」

ソファの後ろを通ってキッチンに向かった彼が、缶ビールを手に戻ってくる。

真向かいに腰かけ、すぐさまタブを開けると、視線を上げてきた。

「いただきます」

勢いよくビールを飲む彼の喉が露わになっている。

あまり真剣に彼を見ていなかったのか、首が細く、肌が白いことにいまさら気づく。

よくよく見てみれば、かなり整った顔立ちをしている。撮影現場で一緒になる若いアイドルにも引けを取らない端整さだ。

「はぁ……」

長いことビールを飲んでいた優那が、小さく息を吐き出して缶をテーブルに下ろす。

「今日は本当にすみませんでした」

「二度と遅刻しなければいいだけのことだから、その話はもういいよ」

改めて頭を下げてきた彼に、久遠時は柔らかに笑ってみせる。

「怒っていないんですか？」

優那が不思議そうに眉根を寄せた。

「グダグダと言い訳されたら怒りも治まらなかっただろうけど、素直に謝ってくれたんだからもう気にしてない」

髪を拭いていたフェイスタオルを首に引っかけ、あごを反らして缶ビールを呷る。

彼はあれだけ詫びていながら、まだ詫び足りないと思ったのだろうか。

東金から迎えが来ないという連絡をもらったときには、怒りで頭が爆発しそうになった。

あれだけ遅れるなと釘《くぎ》を刺したのに、いったいなにを聞いていたのだと怒り心頭となり、すぐさま優那に電話をしたのだ。

いい加減な男にたいせつな瑠偉を任せられない。今日限りでマンションを出て行ってもらうつもりだった。

電話に出た彼は、よけいな言い訳をすることなく、ひたすら謝ってきたが、あの時点では怒りは治まっていなかった。だから、帰宅するなり彼の部屋に行ったのだ。

ところが、先ほどの彼はこちらが怒りをぶつけるより早く詫びてきた。真摯《しんし》な態度は深く反省しているからこそであり、同じ過ちは犯さないだろうとそこで確信したのだ。

自分の中ではもう終わったことになっていたが、どうやら彼はそうではなかったようだ。想像していた以上に、優那は真面目《まじめ》なのかもしれない。

「それより、優那の仕事ってどんなものなんだ？」

「えっ？」

急に話題を変えられて焦ったのか、彼がこちらを見ながら大きな瞳を瞬かせる。

「部屋にあったやつは、メーカーが作って売ってるものだろう？　あれをもとにした仕事っていうのが思いつかないいんだよ」

素朴な疑問を投げかけると、優那が戸惑いも露わな顔で見返してきた。

急に自分の仕事に興味を持ったことを、不思議に思っているのかもしれない。

フィギュアにのめり込み、収集家と化している芸能人も少なくない。けれど、優那はただ集めているだけではなく、それに関わる仕事をしている。

フィギュアの企画や製作は専門の会社が行っているはずだ。彼は以前、玩具メーカーに勤めていたらしいが、とうに退職してしまっている。

自宅で細々とながらもやっていける仕事とは、いったいどういった内容なのだろうか。まったく想像できなかった。

「僕が主にやっているのは、ホビー雑誌に記事を書いたり、大量生産するフィギュアの完成見本を作ることです。あと、たまに個人的な製作代行をやってます」

「雑誌に記事を書いてるのか？」

「はい。ガレージキットっていう自分でパーツを組み立てて色を塗る、昔のプラモデルみたいなのがあるんですけど、それの製作過程を毎月、掲載してもらっているんです」

優那の説明にはたどたどしさがあった。

けれど、それは専門用語を並べ立てたのでは、こちらが理解できないと察したからだろう。

確かにガレージキットと口にした時点で、説明を求めそうになった。わかりやすく説明しようという彼の気遣いに感心する。

「製作過程の記事ってことは、写真があって、脇に解説が載ってるような感じか？」

手振りを交《まじ》えて訊ねてみると、彼がうなずき返してきた。

「作ってる途中で写真を撮って、完成してから写真に合わせた文章を考えるんです」

「へぇ……」

ため息をもらした久遠時は、感心の面持ちで優那を見つめる。

彼がそうした面倒な仕事をしているとは思いも寄らなかった。

父親の影響で、子供のころにプラモデルを作ったことがある。

箱の中に入っている説明書と首っ引きで、細かいパーツを組み立てていった。彼が書いている記事というのは、その説明書と似たようなものだろう。

プラモデルを完成させることしか頭になく、説明書を誰が作っているかなど考えたこともなかった。

それに、自分がプラモデルに触れていたのは、二十五年くらい前のことだ。説明書に載っていたのは、簡素なイラストと説明文だけだった。

ファン向けのホビー雑誌に掲載するともなれば、多くの写真と読者に読ませるだけの文章力が必要になってくるだろう。

父親は幾つも買い与えてくれたが、細かい作業が面倒でほとんど手をつけることなく、どこへやってしまったかも覚えていない。

優那の部屋に並んでいたフィギュアの大きさからして、かなり細かいパーツを組み合わせているはずだ。

彼はフィギュアをただ組み立てるだけでなく、作業の過程を記事にしているというのだから驚く。

「もともとライターになりたかったのか？」

「違いますよ。フィギュアに関連する仕事がしたかっただけです。だから、最初はなかなか上手く文章が書けなくて時間がかかりました。でも、読者の反響があると嬉しいし、こんな塗装のしかたもあるんだよとか、いろいろ披露できるから楽しいです」

珍しく優那がこちらに笑みを向けてきた。

瑠偉の前では終始、笑顔だが、自分に対しては常に無愛想な顔をしている。

改めて思い起こせば、彼とは楽しい会話をしていない。ことあるごとに、言い合いになっているような気がした。

「他にも仕事をしていてあまり稼げてないってことは、どれも幾らにもならないのか？」

「まあ……」

彼が苦笑いを浮かべて肩をすくめる。

「それでもいいんだ？」

突っ込んだ質問だという自覚はあったが、会社勤めを辞めてまで今の仕事を続けていることに疑問を抱いたのだ。

「僕はフィギュアを見てるのも好きですけど、作ってるときが一番、好きなんです。贅沢しなければ今のままでも充分に食べていけるから、べつにいいかなって」

そう言って浮かべた笑みを見れば、後悔していないとわかる。

大概の人間は楽して稼ぎ、楽しく暮らしたいと思うものだ。楽しく暮らすためには、多少の貧しさは我慢するという優那に、本来であれば呆れるところだが、今は妙な潔さを覚えた。

「面白いな、君は」

「そうですか？」

彼が納得しかねるといった顔で見返してくる。

「どちらにしても、オモチャなんて馬鹿にした言い方をして悪かったよ。君にとっては大事な仕事道具……違うな、道具じゃないよな……」

相応《ふさわ》しい表現が思い浮かばず言葉を途切れさせると、彼が面白そうに笑った。

「あえて言うなら仕事道具ですよ。フィギュアがないと仕事になりませんから」

「そうだな」

顔を見合わせて笑う。

やけに笑顔が可愛く見える。これまでの彼は、目を尖らせて食ってかかってくるばかりだったからだろうか。

「もともと可愛い顔立ちなんだから、そうやって笑ってるほうがいいと思うぞ」

顔を見合わせたまま言うと、優那がハッとしたように口元を引き締めた。

「もう二十五なんですから、可愛いとか言わないでください」

「歳なんか関係ないだろう？　可愛いものは可愛いんだ」

「可愛いっていうのは、瑠偉君みたいな小さな子を言うんだよ」

いつものように食ってかかってきた彼が、そっぽを向いてビールを飲む。

けれど、本気で腹を立てたわけではないのか、険のある目をしていない。露わだった嫌悪感も失せている。仕事に理解を示したことで、こちらを見る目が変わったのだろうか。

「瑠偉はもちろん可愛いさ。でも、君も可愛いと思うけどなぁ」

わざと煽るような言い方をしてみたが、何度も可愛いと言われて恥ずかしくなったのか、彼はたぶん空になっているであろうビールの缶を必死に傾けていた。

根が真面目そうな彼には、安心して瑠偉を任せられる。それだけでも充分なのだが、二人だけで酒を飲みながら、彼とこんな言い合いをするのも楽しいかもしれないと思えてきた。

「そういや、優那はつき合ってる彼女はいないのか？」

質問が唐突すぎたらしく、優那が缶の縁を唇にあてたままこちらを振り返ってくる。

「優那くらいの歳なら、彼女のひとりや二人いてもおかしくないだろう？」

「彼女なんていませんよ。もともと女の人は苦手だし」

彼は軽く肩をすくめると、缶をテーブルに置いた。

「どうして？」

「女の子たちからフィギュアオタクって馬鹿にされて、それ以来なんとなく」

フィギュアに夢中になっている優那は、確かに世間で言うところの「オタク」の部類に入るのだろう。

なかなか見場のいい容姿をしているだけに、それで女性が苦手になってしまったのは、なんとも可哀相な話だった。

「それっていつ頃のこと？」

「高校に入ってすぐですよ」

「ん？　ってことは、もしかしてまだ？」

興味が募った久遠時は、自然と身体が前のめりになる。

「なにがですか？」

「初体験」

短く答えると、優那の顔が真っ赤になった。

どうやら、彼は二十五歳にしてまだ童貞を捨てていないらしい。早くに初体験をすませればいいというものではないが、年齢と外見を鑑《かんが》みるとやはり驚かざるを得ない。

女性が苦手だと自ら言う彼は、この先、どうするつもりなのだろうか。結婚もせずに、フィギュアだけを相手にしていくのだろうか。ますます興味が湧いてきた。

「そんなものは……」

「パーパー……」

優那の声に瑠偉の声が被《かぶ》さり、久遠時は慌てて振り返る。

「どうしたんだ？　明日も早いんだから、寝てないとダメだろう？」

ドアを開けたままリビングルームの入り口に立っている瑠偉を諭しつつ、ソファから腰を上げて歩み寄っていく。

「ねむくないもん」

「じゃあ、パパと一緒に寝るか？」

トコトコと近づいてきた瑠偉を抱き上げる。

「パパとねる〜」

嬉しそうに答えた彼が、両手を首に回してきた。

もう少し優那と話をしたい思いがあったが、優先すべきは可愛い瑠偉だ。

「悪いけど、それ片づけておいてくれないか？」

優那を振り返って声をかけると、彼が顔を真っ赤にしたままうなずく。

うなずいたまま恥ずかしそうにしている彼を見て、いまさらながらに訊いたことを申し訳なく思う。

「明日も車で一緒に瑠偉を送っていくから、よろしく頼むよ」

ことさら明るい声で言ってみたが、彼は顔を上げることなく「はい」と小さく返事をしただけだった。

「パーパ、いっしょにねる〜」

「わかった、わかった」

瑠偉に急かされた久遠時は、後ろ髪を引かれる思いでリビングルームを後にする。

「きょうねぇ、ユーナがカレーとナッポリタン、つくってくれたんだよー」

「おっ、すごいな。美味《おい》しかったか？」

「おいちかったよー、ユーナがつくるのとーってもおいちいのー」

抱き上げている瑠偉と話をしながら、子供部屋に向かって歩いていく。

いつもであれば、一緒にいられる時間が少ない瑠偉との会話に夢中になる。ところが、今は優那のことが気になってしかたがない。

「パーパ、きいてましゅかー」

「ごめん、なんだい？」

上の空になっていた久遠時は、慌てて意識を瑠偉に向ける。

「あしゅたはユーナがハンバーグをつくってくれるんだってー」

「そうか、たくさん食べて大きくなるんだぞ」

「ユーナにもいわれたよー、だからルイ、いーっぱいたべたのー」

「偉いぞ」

頭を撫でてやると、瑠偉が嬉しそうに笑った。

まさに天使のような笑顔に、勝手に目尻が下がる。

瑠偉を抱き上げたまま子供部屋に入っていく久遠時は、もう愛する息子しか目に入っていなかった。

第四章

瑠偉をことりの虹幼稚園まで送り届けた優那は、撮影スタジオに行くまでまだ時間があるという久遠時に誘われるまま、恵比寿駅近くにあるホテルのティーラウンジに来ていた。

煌《きら》めくシャンデリアに彩られた店内の窓際に席を取り、優那はアイスコーヒー、久遠時はコーヒーを頼んだ。

小振りの丸いテーブルを挟み、窓ガラスに沿う形で向かい合わせに座っている。ガラスの向こうに広がる庭園に照りつける夏の強い陽射しが、青々とした木々の葉を輝かせていた。

都心の豪勢なホテルなど縁がなく、優那はティーラウンジすら足を踏み入れたことがない。

Tシャツにデニムパンツというカジュアルすぎる格好の自分が恥ずかしく、居心地の悪い思いをしている。

それに、昨夜の会話がおかしなところで途切れてしまったため、久遠時と二人きりなのがとても気まずい。

彼はすっかり忘れてしまっているのか、それともあえて口にしないのか不明だが、いつ話題になるかもしれないと思うと穏やかではいられない。

さらには、四方八方から視線が向けられていて、緊張の度合いも最上限に近くなっている。

もちろん、視線を浴びているのは久遠時だ。サングラスをかけるわけでも、帽子を目深《まぶか》に被るでもなく、人気俳優がそのまま姿を現せば、周りはすぐに気がつく。

ラウンジに足を踏み入れたその瞬間から、久遠時は注目の的になっている。けれど、彼は気にしたふうもなく、高い背もたれに寄りかかり、優雅に脚を組んでくつろいでいた。

「スイーツはどうだ？　ここのケーキは美味《うま》いって評判だぞ」

久遠時がテーブルの端に立てかけられているメニューに目を向ける。

「いいです」

「甘いものは苦手か？」

緊張の面持ちでうなずき返す。

もともとあまり好んで食べないのだが、菓子に金を回すくらいなら、フィギュアに使いたいというのが本音だ。

「そうそう、優那はなかなか料理が上手いらしいな？　瑠偉がすごく美味しかったって喜んでたよ」

「昨日はカレーとナポリタンだったから、あんまり上手い下手は関係ないような」

苦笑いを浮かべ、アイスコーヒーのグラスに挿してあるストローを意味もなく回す。

喜んでもらえたのは嬉しいが、出来合いのカレールーを使い、ケチャップで味付けした料理を褒められても面映いだけだ。

「包丁も持ったことがない俺からすれば、カレーやナポリタンが作れるだけで尊敬する」

悪戯っぽい笑みを浮かべて片手を伸ばした久遠時が、コーヒーカップの華奢《きゃしゃ》な持ち手を摘《つま》み上げ、口元に運んでいく。

さりげない動きにもかかわらず、まるでドラマのワンシーンを見ているかのように格好良く映る。

同じ男でありながら、ただコーヒーを飲む姿に目を奪われてしまうのだから、周りにいる女性たちはさぞかし魅了されていることだろう。

「そういえば、奈津樹とは連絡取れたのか？」

「ええ」

「それで？」

わずかに身を乗り出してきた彼は、別れた恋人を気にしているというよりは、姉弟の関係を心配してくれているようにも感じられた。

「昨日、オーストラリアに旅立ちました。三ヶ月のワーキングホリデーらしいです」

「はぁ？」

さすがに彼も呆れたようだ。

他に反応のしようがないとわかっていても、呆れ返っている彼を見ておかしさが込み上げてきた。

「ということで居場所はわかりましたので、この件に関しては解決です」

「弟の君を前にして言うのもなんだけど、奈津樹は物事を決断するのが早すぎるな」

「僕も呆気に取られましたけど、心配するだけ損をしそうなので、もう放っておくことにしました」

「まあ、居場所がわかってなによりだ」

これ以上は口を出してくるつもりがないのか、久遠時は笑顔でうなずいてこの話題を終わりにした。

「優那が一緒だと、のんびりできていいな」

そう言って静かにコーヒーカップを下ろした彼が、窓ガラスの外に視線を向ける。

おかしなことを言うなと思いつつアイスコーヒーを啜《すす》っていると、彼が視線をこちらに戻してきた。

「ただ女性とお茶してるだけでも、写真に撮られるんだよ。今は写真誌のカメラマンだけじゃなく、普通にそこにいる連中も携帯やスマホで撮ってくるから、おちおちコーヒーを飲みながら話もしていられないんだ」

「相手が男の僕なら平気ってことなんですか？」

「そう、一緒にいるのが男なら、あいつは誰だってことにならないからね」

「女性と一緒の写真を撮られたくないなら、女性と遊ぶのを控えればいいじゃないですか？　いろんな女性と二人きりでいるから、狙われるんだと思いますけど？」

自分に向けられるレンズを常に気にして過ごすのは可哀相だが、これまでの行いがよくない結果だろうといった思いもあり、つい嫌みなことを言ってしまった。

「食事をしたりお茶したりする相手全部を、恋人じゃないかって疑ってかかるほうがおかしくないか？」

テーブルの上に両腕を置いた久遠時が、真っ直ぐに見返してくる。

向けられる瞳がひどい言い方に傷ついているようにも見え、優那はにわかに狼狽《うろた》えた。

「そうですけど……」

さんざん女性と遊んできた報いだとは言えず、口籠もったまま視線を手元に落とす。

「俺はさ、いくら撮られてもいいいんだよ。ただ、相手の女性が可哀相だろう？　勝手に撮られて、あらぬ噂を立てられるんだからさ」

やりきれないと言いたげな顔で、久遠時が肩を落とす。

周りの目など気にすることなく、好き放題に遊んでいるイメージがあっただけに、女性を気遣う言葉がにわかには信じられない。

と同時に、彼が綺麗事を言っているようにも思えず、優那は少し混乱していた。

「結局、嘘ばかり書き立てられるから、本命と上手くいかなくなるんだよな。奈津樹も最近の週刊誌を見て、浮気するような男とは一緒にいられないって出て行ったし……」

「えっ？」

「ああ、悪い……優那には嘘をついてた。俺が浮気したって思い込んだ彼女から別れを切り出されて、ジ・エンドになったんだ」

「なんで嘘なんかついたんですか？」

「いきなり追い出したんだろうって、食ってかかってきたから、腹立ち紛れに言っちゃったんだよ。悪かったな」

久遠時が申し訳なさそうに肩をすくめた。

彼が嘘をつかなければ、子守を引き受けることもなかっただろう。奈津樹が別れた理由に納得し、そのままあの場をあとにしていたはずだ。

すべては、久遠時の嘘から始まっている。けれど、嘘をつかれていたのだとわかっても、なぜか怒りが湧きあがってこない。

そういえばあの日、奈津樹が出て行ったと聞かされた瞬間、一方的に久遠時が追い出したと決めてかかり、先に批難めいた言い方をした。

それは、巷に流れる噂を信じ、彼によくない先入観を持っていたからに他ならない。新しい恋人ができ、奈津樹が邪魔になって追い出したのだと、勝手なイメージからそう思い込んだのだ。

「怒らないのか?」

黙り込んでしまった優那を、久遠時が不思議そうな顔で見てくる。

「すみませんでした。話をちゃんと聞かずに久遠時さんを悪者にしてしまって……悪いのは僕のほうです」

「俺が嘘をついたせいで、子守をする羽目になったんだぞ? それも怒ってないのか?」

さらなる問いかけに、優那は小さく首を横に振った。

どうして自分が子守なんてしなければならないんだ。確かにあのときはそう思った。

けれど、今は瑠偉の世話を楽しいと感じている。彼と遊び、彼のために食事を作り、二人で風呂に入ることに、充実感を覚えていた。

「瑠偉君と一緒にいると元気になれるから、子守も悪くないなって」

「本当に？　今すぐ辞めたくなったんじゃないのか？」

「そんなことありません。ずっと続けたいくらいです」

「よかった……」

優那の答えに安堵したのか、深いため息をもらした久遠時が柔らかに微笑む。

彼が子煩悩であることは疑う余地がない。先ほど口にした女性たちを気遣う言葉も、本心なのだろう。

自分で勝手に気に入らない男として認定したあげく、彼が言う言葉のすべてに腹を立ててきた自分が愚かに思えてならない。

久遠時に嫌われていると思っていたが、そうではなかった。彼はこちらが見せたあからさまな嫌悪感に対して、素直な反応を示してきただけなのだ。

牙を剝かれれば、牙を剝き返したくなるものであり、すべての非は自分の態度にある。ようやくそこに気づいた優那は、いますぐ態度を改めなければと強く思う。

「ああ、そろそろ行く時間だな」

腕時計をちらりと見やった彼が、テーブルの上に置かれた伝票に手を伸ばす。

「ここから歩いて帰れるか？　マンションまで送って行くつもりでいたけど、ちょっと……」

「大丈夫です。この近辺はよく知っているので」

「悪いね」

伝票を手に立ち上がった彼が、会計カウンターに向かって先に歩き出す。

少し遅れて腰を上げた優那は、客たちの注目を浴びながら堂々と歩く彼のあとに続く。

「きっと最後の日なんてすぐに来るんだよなぁ……」

わだかまりがすっかり解けたせいか、もっと久遠時や瑠偉と一緒の時間を過ごしたくなってきた優那は、あと少しで終わってしまう子守の期間を名残惜《なごりお》しく感じていた。

第五章

子守の期限も残すところあと二日となった。

ティーラウンジの会話をきっかけに久遠時《くおんじ》と打ち解けた優那《ゆうな》は、瑠偉《るい》と三人での生活が本当に楽しいと感じるようになっている。

ただ、子守に家事が加わったことで、日中に集中して仕事ができなくなってしまったため、瑠偉を寝かしつけた夜が本格的な作業時間となっていた。

子供部屋のベッドで瑠偉が深い眠りに落ちるのを確認して自室に戻り、テーブルに置いたパソコンを起ち上げたところで携帯電話が鳴った。

電話をかけてきたのはホビー雑誌の編集者で、仕事の話から雑談へと移行し、かれこれ一時間近く喋《しゃべ》っている。

新作のフィギュアの話で盛り上がっている中、ふと思い出したように編集者が別の話題を振ってきた。

「ツールの紹介コーナーですか？　いいじゃないですか、新しいのが次々に発売されるから需要あると思いますよ」

新しい企画が立ち上がっていると教えられ、興味が湧いた優那は無意識に携帯電話を反対の手に持ち替え、脇にある最新号を手元に引き寄せる。

どのあたりに掲載する予定なのだろうかと、雑誌をパラパラと捲《めく》りながら編集者の話を聞いていると、思いがけない言葉が耳に飛び込んできた。

「えっ？　十二回連載で、僕に？　本当ですか？」

片膝を立てて床に座っていた優那は、思わず居住まいを正す。

「もちろんです。つい最近もいいツールを見つけて、どこかで紹介したいなーって思ってたところなので、嬉《うれ》しいです」

新コーナーを任された喜びに、自然と頬が緩んでくる。

「はい、じゃあ来週にでも。ありがとうございました」

元気よく礼を言って電話を切り、携帯電話をギュッと握り締めた。

現在、担当している製作過程を紹介するコーナーは、次が最終回となる。

先の予定が白紙のままで不安を覚えていた矢先のことだけに、途切れず仕事をもらえた喜びは大きい。

「よかったぁ……」

ひとりニコニコしながら嬉しさを噛《か》みしめていると、短いノックの音が聞こえ、返事をする間もなくドアが開いた。

視線の先に久遠時が立っている。透かし柄が入った白い長袖シャツに、黒い細身のパンツを合わせた姿は朝と同じだ。けれど、今は襟がより深く開き、袖が幾重か捲《まく》り上げられていた。

「優那、入るぞ～」

勝手に部屋に入ってドアを閉めた彼が、そのままベッドに歩み寄っていく。

撮影を終えた彼から連絡が入ったのは、ちょうど瑠偉と風呂から出てきたときだった。

仲間と少し飲んでから帰ってもいいかと訊《き》かれ、迷うことなく了承していた。

奈津樹《なつき》と別れてからの彼が、瑠偉を心配するあまり真っ直《す》ぐ帰宅していることを知っていたからだ。

俳優としてのつき合いもあるだろうし、なにより毎日のように撮影スタジオに通いながら、息抜きもできないのでは可哀相《かわいそう》に思えた。

それに、外で飲みたい気持ちになったのは、瑠偉を任せておいて大丈夫だと考えたからだろう。彼から信頼されているようで嬉しくもあった。

「なんだ、仕事をしてたんじゃないのか?」

ベッドの端に腰かけた久遠時が、組んだ足先をプラプラと揺らしながら、前屈《まえかが》みになってテーブルを覗《のぞ》き込んでくる。

パソコンこそ起ち上がっているが、周りは綺麗《きれい》なものだ。いつもはテーブル周りが雑然としているため、仕事をしていないと思ったのだろう。

「電話で編集さんと打ち合わせしてたんですよ」

「ああ、悪い……仕事の邪魔はしたくない」

気を遣った彼がベッドから腰を上げる。

「電話は終わってるから大丈夫です」

引き留めるつもりはなかったのだが、現に話し中ではないのだから、追い出すような真似《まね》はできなかった。

「そっか……」

再び腰を下ろした久遠時が大きく息を吐き出し、鬱陶《うっとう》しそうに前髪を片手でかき上げる。

気怠《けだる》そうな様子から、ずいぶん飲んできたとわかる。久しぶりに外で飲む酒は、さぞかし進んだことだろう。

酔うほどに酒を飲んできたのは、家のことを忘れていられたからに違いない。自分を信頼してくれている証《あかし》と思えば、彼を咎《とが》める気にはならなかった。

「そういえば、車はどうしたんですか？」

「スタジオの駐車場に置いてきた」

ことともなげに言った久遠時が、両手を後ろについて天井を仰ぎ見る。

反らしたあごから少し露《あら》わな胸元のラインが、やけに艶《なま》めかしい。

酒に酔った三十過ぎの男に色気を感じたことに驚いた。けれど、今の彼からは確かに色香が漂っている。絶大な人気を誇る俳優とは、やはり普通とは異なるものだと改めて思う。

「じゃあ、明日はタクシーで行くんですね？」

「明日はオフ……」

「車は置きっぱなしで大丈夫なんですか？」

「マネージャーにウチまで持ってきてもらうことにしてある」

矢継ぎ早《ばや》の質問に嫌気が差したのか、彼は答えるなりベッドに横たわってしまった。

片腕を枕代わりに頭を預け、長い両の脚を投げ出した彼は、そのまま眠ってしまいそうだ。

「ダメですよ」

慌《あわ》てて立ち上がった優那は、ベッドの脇に立って久遠時の肩に手を伸ばす。

「寝るなら自分の部屋に行ってください」

声をかけながら摑《つか》んだ肩を大きく揺すったが、彼は振り返るのも面倒なのか、背を向けたまま動こうとしない。

「今夜はここで寝る……」

「困りますってば」

ここで寝られてはたまらないとばかりに、盛大に肩を揺り動かす。

疲れているようだから、本当ならこのまま寝かしてやりたい。けれど、自分のベッドで寝たほうが、疲れは取れる気がする。

久遠時の寝室はすぐ隣であり、彼も歩けないほど酔っているわけではないだろうと、腕を掴んで無理やりこちらに寝返りを打たせた。

「部屋まで連れて行ってあげますから、早く起きてください」

「うーん……」

力任せに腕を引っ張ると、彼はしかたなさそうに身体《からだ》を起こし、自らベッドを下りた。

「さあ、行きましょう」

久遠時の腰に腕を回し、小さな身体で大きな身体を支えながら、優那は部屋を出て行く。

「優那はケチだなぁ」

「そういうことじゃなくて、僕が寝るところがなくなるでしょう」

ため息交じりに文句を言ってきた彼に、わざと迷惑がってみせると、大きく息を吐き出したきり黙り込んだ。

聞き入れてくれたのだと思って安心したが、どうやら勘違いだったらしい。壁に片手をついて足を止めた彼が、あろうことか立ったまま船をこぎ始める。

こんなふうにだらしない久遠時は目にしたことがない。たとえ酔っていたとしても、彼が外で乱れるとは思えない。自宅に戻ったからこそ、気持ちが緩んだのだろうか。

少しばかり情けない姿ではあるが、瑠偉と一緒にいるときを除けば、いつも気取っているように見えていただけに、新たに目にした一面に親近感を覚えた。

「ほら、ちゃんと歩いて」

いったいどれだけの酒を飲んできたのだろうかと思いながらも、彼の腰を支えている優那は強引に歩かせた。

「瑠偉〜」

「しーっ！」

突然の大きな声に驚き、慌てて久遠時の口を手で塞《ふさ》ぐ。

「大きな声を出したらダメです」

きつい口調で咎めつつ、彼の部屋のドアを開ける。

「はい、着きましたよ、入ってください」

彼の後ろに回って両手で背を押し、部屋の中に押し込んだ。

フラフラとした足取りでベッドまで歩いた彼が、ストンと端に腰を下ろす。

カバーの上に寝てしまいそうな気配に、優那はそそくさとベッドに歩み寄っていく。

「お尻、上げてください」

一気にカバーを引きはがし、ついでに肌がけを半分ほど捲った。

「はい、いいですよ」

促されるままベッドに横たわった久遠時を、カバーを抱えたまま脇から見下ろし、呆《あき》れ気味に笑う。

瑠偉よりよほど手がかかる。それなのに、こうした世話を面倒に思わないどころか、楽しく感じていた。

「お水、飲みますか?」

「いらない」

「じゃあ、おとなしく寝て……」

簡単に畳んだカバーを近くの椅子《いす》に下ろすと同時に、身体を起こした久遠時に腕を摑まれ、ベッドに引き込まれる。

「なっ……」

仰向《あおむ》けに横たわった優那は、目を丸くして彼を見上げた。

「添い寝してくれ」

隣に横たわってきた彼が、上がけを胸まで引き上げる。

「独り寝に飽きた、優那と寝たい」

「冗談もほどほどにしてください」

酔っぱらいを相手にする気はなく、すぐさま起き上がろうとしたが、素早く久遠時に抱き込まれ、優那はおおいに焦った。

「ちょっ……なにすんだよ、やめろよ」

隣室で寝ている瑠偉を思うと、大きな声もあげられない。

それを逆手に取ったかのように、彼が抱き締める腕に力を込めてくる。

「誰かと一緒に寝たことないんだろう？」

「くだらないこと言ってないで、放せってば……」

必死の抵抗を試みるが、彼の腕から逃れることができない。

こんなに酒癖が悪いとは思ってもいなかった。力ではとても敵《かな》いそうにないが、いい歳をした久遠時の添い寝などできるわけがない。

渾身《こんしん》の力を込めて彼の胸を押してみるが、必死の抵抗などものともせず組み伏せられる。

「抱き合って寝るのは気持ちいいもんだぞ」

「いい加減にしないと本気で……」

ニヤニヤしている彼に腹立ちが募り、力でダメなら声で撃退するしかないと、瑠偉が目を覚ましてしまうのを覚悟で怒鳴《どな》ろうとしたが、それすら唐突に重ねられた唇に阻《はば》まれてしまう。

「んーっ」

あまりの驚きに目を瞠《みは》ったが、彼は押しつけてきた唇を離すことなく、唇をこじ開けて舌を差し入れてきた。

「んんっ」

生まれて初めてのキスを、久遠時に奪われた。女性に苦手意識を持ちながらも、思春期にはファーストキスに夢を抱いたこともある。

歳を重ねるごとに、考えることもなくなっていったが、まさか男に奪われるとは予想だにしなかった。

衝撃が大きすぎ、抗《あらが》う気力が失せていく。ただ呆然と目を瞠ったまま、なにを考えているかわからない久遠時に唇を貪《むさぼ》り続けられた。

「いっ」

彼の取った行動にハッと我に返り、引き攣《つ》った声をあげた優那は、彼の腕から逃れようと必

死に足掻《あが》く。

あろうことか、彼が股間に触れてきたのだ。キス以上の驚愕《きょうがく》の行為に、激しく混乱する。

久遠時は女性との噂《うわさ》が絶えない、いわゆる女好きだ。結婚して一児をもうけた彼が、なぜ男の自分にこんな真似をするのだろう。

いくら酒に酔っているからといって、男女の区別がつかなくなっているとは思えない。直前の言葉から、相手が誰かわかっているのは明白だ。

(なんで……)

久遠時のやっていることは、理解の域を超えている。きっと、頭がイカれてしまったのだ。

「うわっ……」

いきなり身体を反転させられ、背中越しにきつく抱き締められた。さらには下半身に脚を絡められ、身動きが取れなくなる。

「バカッ、なにすんだよ! やめろって言ってるだろ」

腕の中でもがくが、彼は聞き入れてくれることなく、改めて股間に手を滑らせてきた。

デニムパンツの前を開いた彼が、躊躇《ためら》うことなく下着の中に手を入れてくる。

「いっ……」

萎縮《いしゅく》している己を大きな手で包まれ、喉の奥を鳴らした優那はビクッと肩を震わせた。

「まだ誰にも触らせたことがないんだろう?」

「やめ……」

叫ぼうとしたが、首筋に唇を押しつけてきた彼が、同時に股間にある手を動かし始め、弾けた疼《うず》きに声が飲み込まれる。

「優那の感じる場所を探してやるよ」

耳をかすめた声と吐息に、勝手に身震いが起きた。

こんなにも甘く耳にまとわりつく声を聞いたことがない。首から背筋までがゾクゾクし、体温が一気に高まっていく。

「ひゃっ……」

まだ柔らかな己を根本から先端に向けて扱《しご》かれ、下腹の奥が疼いて下肢《かし》が脱力する。

「や……」

指先で先端部分を揉《も》み込まれ、抗いの声は甘い吐息に変わり、馴染《なじ》みある感覚が己に湧きあがってきた。

「硬くなってきた……」

耳のすぐそばで聞こえた笑いを含んだ声に、全身がカッと熱くなる。

男に触られて嫌悪を覚えるどころか、感じてしまった自分が信じられない。

いったい自分の身体はどうなっているのだろうか。反応をその手に感じ取っている久遠時はどう思っているのだろうか。にわかには受け入れ難《がた》い状況に、頭の中が真っ白になった。

「んんっ」

熱を帯び始めた己を緩やかに幾度となく扱かれ、紛れもない快感に支配されていく。

人の手で扱かれるのは、自慰より何倍も気持ちがいい。久遠時の腕から逃げ出さなければという思いと、このままでいたいという思いが交錯した。

まるでそれを察したかのように、彼が新たな行動に出てくる。硬度が増した己の先端を手のひらで包み込み、柔らかなタッチで撫《な》で回してきたのだ。

薄い皮膚《ひふ》に触れるか触れないかくらいの微妙な手の動きに、己がますます硬く張り詰めていくのを感じる。

(嘘だろ……)

触れているのは紛れもなく男の手であるにもかかわらず、快感を得てしまっている自分が許せない。

頭ではそう思っているのに、身体を動かすことができないでいる。そればかりか、意識が熱くなっていく己に向かってしまう。

「気持ちいいんだろう？　濡れてきたぞ」

耳元で指摘され、顔から火を噴くほどの羞恥《しゅうち》を覚える。

「ここはどうだ？」

久遠時が楽しげに言いながら、先端のくびれた部分を指で絞り込んできた。

「あぁ……」

溢《あふ》れ出した蜜を絞り出すかのように、彼は輪にした二本の指でくびれた部分をきつく扱いてくる。

そこで弾けるたまらない快感に、優那はもどかしげに腰を捩《よじ》った。

同じ男だからだろうか、彼は感じる場所を心得ている。強弱をつけて扱く巧みな指使いに、身体の震えが止まらなくなっていく。

セックスの経験がないばかりか、自慰すら滅多にしない優那にとって、久遠時の愛撫《あいぶ》は強烈すぎた。

「やっ……はぁああ……んんん……」

淫《みだ》らな響きを持つ喘《あえ》ぎ声が、勝手に唇から零《こぼ》れ落ちる。

耳に届く己の声に羞恥を煽《あお》られたが、絶え間なく湧きあがってくる快感に、優那は意識を向けてしまう。

背中越しに抱き締められている身体が、しっとりと汗ばんできている。熱い塊を扱かれるほどに、体温は上がっていった。

「はっ……はっ……」

下腹の奥から押し寄せてきた射精感に、どんどん呼吸が速くなっていく。

無意識に伸ばした手で上がけを握り締め、うねる快感の荒波に飲み込まれていく。

強まっていく射精感に、下腹は妖《あや》しく波打ち、投げ出している足先までが震え出す。

「あぁ……」

頂点が近い。

あと数回の刺激で、とてつもない解放感を味わえそうだった。

「んんっ……んん」

大きく反らした頭を久遠時の肩に預け、渦巻く快感にすべての意識を集める。

「もっ……」

極まりの声をあげようとしたその瞬間、残酷にも彼が手の動きを止めてしまった。

「やっ」

快感を寸断された優那は、焦《じ》れたように腰を前後に揺らす。

己に触れているのが誰かなど考える余裕もない。今すぐ精を解き放ちたい。ただそのことしか頭になかった。

「イキたい、早く……」

譫言《うわごと》のようにつぶやきながら、何度も腰を前後させる。

久遠時の手によって限界ぎりぎりまで追い込まれた優那自身は、刺激が途切れたあとも蜜を零し続け、これまでになく熱く脈打っていた。

このまま放って置かれたら、きっと頭がどうにかなってしまうだろう。それくらい、切羽詰まっていた。

「このままイケそうか？」

耳をかすめた吐息交じりの声に、優那は無我夢中でうなずき返す。と同時に、再び己を握る手が動き出した。

「あふっ」

喘ぎとも安堵《あんど》のため息ともつかない声をもらし、しなやかに背を反らして腰を突きだす。

「好きなときにイッていいぞ」

甘みを含んだ囁《ささや》きが耳に吹き込まれ、さらには爆発寸前の己をリズミカルに扱かれ、一気に舞い戻ってきた快感に全身を震わせる。

待ち焦がれていた刺激に己の硬度がさらに増し、下腹の奥から押し寄せてきた奔流《ほんりゅう》に、優那は瞬く間に押し流されていった。

「いっ……あぁぁ……んんっ」

一定のリズムを刻む久遠時の手に合わせ、自らも腰を前後させる。

「は……うっ」

抗い難い射精感に極まりの声をもらし、背を反らしたまま欲望のすべてを解き放つ。

「あぁぁ……あっ」

久しぶりに味わった目が眩《くら》むほどの快感に、頭の中に霞《かすみ》がかかっていく。

「優那……」

快楽の水底へと引き込まれつつある優那の耳には、久遠時の声が遠くに聞こえていた。

第六章

「なんだ?」

ただならない喉の渇きに重い瞼《まぶた》を上げた久遠時は、左腕の違和感に首を巡らせる。

「っ……」

目に飛び込んできた柔らかな茶色の髪に、心臓が止まるほどの驚きを覚え、息を詰めたまま静かに顔を正面に戻し、天井を真っ直ぐに見上げた。

なぜ自分の隣で、優那が寝ているのだろうか。それも、自分の腕を枕にしている。瑠偉なら驚きもしないが、優那ともなればさすがに慌てる。

「どうして優那が……」

キッチンに行って水を飲みたかったが、動けば優那を起こしてしまいそうで怖く、仰向けになったまま昨晩に思いを巡らせる。

酔い潰れるほど酒を飲んだわけでもなく、仲間と別れたあたりから辿《たど》っていくと、思いのほか易々《やすやす》と記憶は蘇《よみがえ》ってきた。

「嘘だろ……」

自分が優那にしたことを思い出した久遠時は片手を額にあて、なんとも言い難い気持ちでひとしきり唇を噛んだ。

添い寝をしろと言ったのは、優那の部屋で邪険にされた腹いせに、ちょっとした悪ふざけを思いついたにすぎない。

いまだ童貞の彼は、スキンシップになれていないはずだ。だから、男の自分が悪戯《いたずら》で抱きつけば、驚きに慌てふためくに違いない。

意地悪は大人げないと思いつつも、本気にして顔面蒼白になっている彼を見れば、気持ちよく眠れるような気がした。

それが意外にも華奢《きゃしゃ》な優那は抱き心地がよく、腕の中で暴れる彼をねじ伏せているうちに、おかしな気分になってしまったのだ。

必死に抵抗する優那が可愛《かわい》く思え、気がつけば唇を塞いでいた。キスの経験もないとわかるウブな反応にそそられ、自然と彼の股間に手が伸びていた。

「俺ってどっちもイケる口だったのか？」

酒が入っていたとはいえ、男の優那に手を出した自分に呆れ、額に手をあてたまま苦々しく笑う。

巷《ちまた》で言われるほど無類の女好きではないが、つき合った女性はかなりの数に上る。予期せぬベッドインも幾度かあった。

けれど、これまで一度も男を相手にしたことはない。若いアイドルの男の子を見て、可愛い子だなと思うことはあっても、つき合いたいとか抱いてみたいとか思ったことがないのだ。

それなのに、なぜ優那に対して気持ちが動いたのだろうか。解《げ》せない久遠時は静かに首を巡らせ、スヤスヤと眠っている彼を見つめる。

「可愛いことは可愛いんだよな……」

魅力的な顔立ちであることは間違いない。

それに、誤解が解けてからの彼はとても素直で、瑠偉を交えての生活は賑《にぎ》やかながらも、時間は穏やかに過ぎていっているように感じる。

ドラマの撮影現場でも、優那が家にいてくれると思うだけで安心していられ、雑念に囚《とら》われることなく演技に集中できた。

約束した一週間の期限も迫り、期間の延長を頼んでみようかと思うくらいには、彼のことを気に入っている。

「だからって……」

久しぶりに酒に酔ったとはいえ、男に欲情したばかりか、この手で躊躇うことなく彼自身に触れ、頂点まで導いてやったのが信じられない。

「うん……」

小さな声をもらした優那が、寝返りを打った。

大きな動きに久遠時は鼓動が跳ね上がったが、彼は目を覚ました気配がなく、相変わらず気持ちよさそうな寝息を立てていた。

「楽しい夢でも見てるのか？」

優那のあどけない寝顔に、自然と笑みが零れる。

「そういや、柔らかい唇だった……」

うっすらと開いている桜色の唇に魅せられ、くちづけたい気分になっている自分に気づき、久遠時はにわかに慌てた。

昨夜、歯止めが利《き》かなくなったことを、酒のせいにするのは可能だ。けれど、今はアルコールもすっかり抜けている。

しらふの状態で優那を目にし、気持ちが昂《たか》ぶるなど本来はあり得ない。けれど、今と同じ昂《こう》揚《よう》感を幾度となく味わってきた。

「惚《ほ》れたか……」

天井を見上げて小さくつぶやき、深いため息をもらす。

「パパーァ」

いきなりドアが開き、瑠偉が中に入ってきた。

慌てた久遠時は、優那が腕枕で寝ているのも忘れ、勢いよく身体を起こす。

「うわっ！」

大きな動きに目を覚ました優那は、こちらに気づいて大きな声をあげると、顔を真っ赤にして飛び起きた。

「あ……えっ……」

あまりの驚きに言葉にならないらしく、彼が目を丸くしたまま口をパクパクさせる。

驚愕の面持ちの彼がそのうち叫び出すのではないかと思われ、久遠時は落ち着かせるつもりで声をかけた。

「おはよう……」

「あーっ、ユーナがパパのベッドにいるー」

ほぼ同時に元気な声を響かせた瑠偉が、ベッドに駆け寄ってくる。

小さな両手をベッドにつき、必死の顔で這《は》い上がってきた。

「じゅっるーい、パパといっしょにおねんねするなんて、ユーナ、じゅっるーい」

上がけの上を四つん這いで進んできた彼が、優那とのあいだにできた隙間に小さな身体をねじ込んでくる。

「ルイもいっしょにねるぅー」

疑うことを知らない幼い瑠偉が、楽しそうにはしゃぐ。

優那は昨夜のことを思い出したのか、顔を引き攣らせて硬直している。その表情からは、激しい動揺が見て取れた。

この場をどう取り繕《つくろ》えばいいのか、咄嗟《とっさ》に思いつかないでいる久遠時は、頬をヒクヒクさせている優那とニコニコしている瑠偉を交互に見やる。

「パパー、だっこ」

瑠偉にせがまれて膝に抱き上げると、このタイミングを逃すまいとばかりに、優那がそそくさとベッドを飛び出す。

髪には寝癖がつき、Tシャツは派手に捲れ上がり、前が開いたままのデニムパンツは今にもずり落ちそうだ。

「ユーナ、へーん」

瑠偉から無邪気に服の乱れを指摘され、顔を真っ赤に染めた優那が泡を食ったように身支度を整える。

「朝ご飯の支度しないと……」

彼は体《てい》のいい言い訳を口にし、こちらと目を合わせることなく部屋を出て行く。

「パーパァ」

前向きに座っている瑠偉が、頭を後ろに倒して見上げてくる。

「なんだい？」

笑顔で訊ねながら、柔らかな髪に唇を寄せた。

「ユーナをおよめしゃんにするの？」

「優那を？」

あまりにも唐突な質問に、鼓動がにわかに速くなる。

「だってぇ、パパといっしょにねるひとはおよめしゃんになるんでしょう？」

結婚がどういったものかを知るはずもない瑠偉が、純真な瞳で真っ直ぐに久遠時を見上げてきた。

「瑠偉は優那がママでもいいのかい？」

「ルイねぇ、ユーナがだーい、だーい、だーいしゅき。パパのおよめしゃんになってくれたらいいなぁ」

迷いのない答えを返してきた彼は、純粋に優那を慕っているようだ。

優那とは結婚できないのだと、まだ三歳の彼にわからせるのは難しい。とはいえ、落胆させたくはなかった。

「優那がパパたちともっと一緒にいたいって言ってくれたらね」

「ユーナ、いってたー」

はしゃいだ声をあげた瑠偉を、首を傾《かし》げて見返す。

「うん？」

「このおうちにもっといられたらいいなぁって、ユーナ、いってたよー」

その場しのぎのつもりで言っただけに、瑠偉の言葉に目を瞠る。

優那が自分と同様のことを考えていたとは驚きだ。こちらから頼んだら、彼は一緒に暮らし続けてくれるのだろうか。

優那に惹《ひ》かれている自分に気づいたばかりだけに、彼も同じ思いを抱いてくれているのかもしれないと、期待に胸が膨らんでくる。

「ホントに？　ユーナがそう言ったのかい？」

「うん」

満面に笑みを浮かべた瑠偉が、大きくうなずき返してきた。

「そっか、じゃあ、お嫁さんになってくれるかもしれないね」

「うわーい」

自らクルッと向きを変えてきた瑠偉が、両手でしがみついてくる。

「その代わり、優那にお嫁さんになってほしいって、瑠偉からおねだりしたらダメだよ」

「どうして？」

瑠偉が大きな瞳を見開き、可愛らしく小首を傾げた。

「優那の気持ちをたいせつにしてあげないといけないからね。わかったかい？」

「うん」

笑顔でコクリとうなずいた瑠偉の頭を片腕に抱き込み、柔らかな髪を優しく撫でてやる。

ここで口止めをしておかなければ、優那の顔を見るなり瑠偉は「パパのおよめしゃんになって」と無邪気に言ってしまうだろう。

部屋を飛び出して行った優那は、混乱の最中にあるはずだ。そんな彼を、さらに混乱させることになるが、まずは自分の気持ちを彼に伝えたい。

とはいえ、恋愛経験が皆無に近いであろう優那を相手に、そう簡単にことは進みそうにない。

今の状態で告白したところで、素直に耳を貸してくれるとは思えなかった。恋愛にかけては百戦錬磨を自負していても、男で、しかも童貞は口説いたことがないのだ。

さらには、先に手を出してしまった気まずさもあり、久遠時は抱っこしている瑠偉をかまいながらも、どうしたものかとおおいに悩んでいた。

＊＊＊＊

瑠偉を幼稚園に歩きで送って行った帰り、仕事がオフで時間がある久遠時から公園に寄っていこうと言われ、優那は渋々ながらついてきた。

青々とした葉が茂る木々に囲まれた大きな公園には、朝のランニングやウォーキングを楽しむ人々が行き交う遊歩道がある。

遊歩道に沿うようにして、ところどころにベンチを置いたスペースが設けられていた。

しばらくなにを話すでもなく二人で遊歩道を歩き、大木が影を落としている涼しげなベンチに、久遠時と並んで腰かける。

瑠偉の手前、先ほどまでは笑顔を振りまいていたが、二人きりになった今はその笑みも消えている。

理由もわからないままベッドに連れ込まれ、いきなりファーストキスを奪われ、さらには一方的に手で頂点へと導かれた。

信じ難い行動に出た彼に対する怒りはある。けれど、ショックのほうが大きかった。

生まれて初めて唇を重ねた相手が男なのだ。

それも恋愛関係にあるわけではない。まさか、こんな形でキスを経験するとは思ってもいなかった。

さらには、久遠時から与えられる快感に負け、最後まで抵抗しなかった自分が情けなくなるとともに、ひどく恥ずかしかった。

三人での生活が楽しいと感じるようになってきていただけに、久遠時の馬鹿げた行為によって朝から心が千々《ちぢ》に乱れている。

それなのに、久遠時は昨夜のことについて触れてこない。彼がなにを考えているのか、優那にはさっぱり理解できないでいた。

「一週間なんて、あっという間だなぁ……」

脚を組んで背もたれに寄りかかり、軽く腕を組んでいる彼がひとりつぶやき、遠くを見つめる。

今朝の彼は、黒いタンクトップ、細身の黒いパンツ、白い長袖のオーバーシャツという、いつもながらのスマートな装いだ。

瑠偉と二人でダイニングに現れたときから、まるで彼はなにごともなかったかのように振舞っていた。

瑠偉と一緒にいるときの彼は、我が子だけしか目に入らなくなってしまうところがあり、子供の前で話すようなことでもないことから優那も普通に相手をしていた。

けれど、こうして二人きりになっても話題にしないのには、なにか理由があるのかもしれないが、思いつく理由などたかがしれている。

面白がってちょっかいを出してきただけなのか。それとも、酔っていたときのことで覚えていないのか。

いつもと変わらない態度の彼からは判断がつかない。それでも、ただの悪戯だったにしろ、記憶がないにしろ、確かめずにはいられない。痺《しび》れを切らした優那はついに自ら話を切り出す決心をした。

「久遠時さん、昨夜のこと覚えてますよね？」

「ああ」

前を見たままうなずいた久遠時は、こちらと目を合わせようともしない。

ひどい仕打ちをしておきながら、詫《わ》びてくるでもなければ、顔を見るでもない彼に、羞恥よりも怒りが上回った。

「どうしてあんなことをしたんですか？　ひどいじゃないですか？」

声を荒らげた優那に、ようやく彼が視線を移してくる。

「優那があまりにも可愛くて我慢できなかったんだ」

「はぁ？」

再び顔を前に向けた久遠時を、呆れ返って口を開けたまま見つめた。

確かに彼は可愛いと何度も口にしたが、自分は紛れもなく男だ。

女性関係が派手なのは耳にしていたが、彼は性別の見境もなく手を出す男だったようだ。

久遠時が誰を相手にするのも自由だ。自分がとやかく言う筋合いではないことくらい承知している。

ただ、可愛くてのひと言で、恥ずかしい思いをさせられたのではたまらない。なにより、結婚を前提につき合っていた恋人の弟に、ちょっかいを出すなんて論外だろう。

久遠時が意外にも誠実な男だと知り、世間の噂を鵜呑《うの》みにしてはいけないのだと思った矢先のことだけに、なにを信じればいいのかわからなくなってきた。

「俺、君のことが好きなのかもしれない」

空を見上げている彼の唐突なつぶやきに、優那は心が揺れるどころか、またしても呆れる。

相手を怒らせないための常套句《じょうとうく》にしか聞こえない。人気俳優の彼から好きだと言われて、気分を害する人はいないだろう。

きっと、これまでの彼は、手を出した相手に心にもない言葉を口にし、上手《うま》く丸め込んできたに違いない。

女性が苦手と言ったから、男が好きなのだと勝手に勘違いしたのかもしれないが、いつもの手が通じると思っているなら甘いとしか言いようがない。

男から好きだと言われて、簡単に信じてもらえると思っているような久遠時が、あさはかに思えてならなかった。

「そんな、久遠時さんから好きだと言われて、誰もが喜ぶと思ったら大間違いですよ。僕は男なんですから」

「そうか……」

「もう二度とあんな真似はしないって約束してください」

いつになく強い口調で釘《くぎ》を刺すと、彼は小さなため息をもらし、肩を落としてうなずき返してきた。

「わかったよ」

彼は素直に承諾してきたが、目を合わせなかったこともあり、その言葉がすぐには信じられない優那は疑いの顔で見返す。

部屋は別々とはいえ、明日まで同じ屋根の下で過ごすことに不安を覚え始めた。

「そろそろ帰るか」

久遠時は気まずくなったのか、ベンチに座って間もないというのに、そそくさと立ち上がって先に歩き出す。

「ちょ……」

優那は呆気に取られながらも、並んで座っているよりはいいかもしれないと思い直し、彼のあとを追うためにベンチから腰を上げた。

「どうして寂しそうだったんだろう……」

彼が承諾したことで安堵してもいいはずなのに、先ほどふと浮かべた残念そうな表情と、先を行く寂しげな後ろ姿が気になってくる。

「まさか本気じゃ……」

真摯《しんし》な告白だったのだろうかと、そんな思いが一瞬、脳裏を過《よ》ぎった。

「演技に決まってる……ああやってたくさんの人を騙《だま》してきたんだ」

久遠時が演技に定評がある俳優であることを忘れてはいけない。

彼は実際に心に持っていない感情でも、あたかも本心かのように表現することができる一流の演技者なのだ。

まんまと騙されるところだった優那は、表情に惑わされてはダメだと自らに言い聞かせながら、彼と距離を取って遊歩道を歩いていた。

第七章

久遠時と約束した一週間の期限も、ついに最終日を迎えた。

瑠偉を幼稚園まで送り届け、マンションに戻ってきた優那は、午後から撮影だという久遠時と二人で昼の食事をしていた。

ダイニングの大きなテーブルに向かい合わせで座り、優那が昨夜、作ったカレーの残りを、電子レンジで温めた白飯にかけて食べている。

新作映画の制作発表に、食事をしてから出かける予定の久遠時はすでに支度を調えており、今日は黒いシャツにパンツという珍しくシックな出《い》で立ちだった。

公園で話をしてからの彼はいたって普通で、手を出してきたことも、告白してきたこともなかったかのような態度で過ごしている。

もし本気の告白だったのならば、もう一押しくらいしてくるものだろう。ようするに、久遠時にからかわれただけなのだ。

約束の期限まで短かっただけでなく、瑠偉と別れ難い思いがあったこともあり、優那は最後の日まで頑張ろうと決め、子守や家事をこなしてきた。

それでも、ちょっとでも久遠時がおかしな真似をしてきたら、すぐにでもマンションを出るつもりでいたのだが、どうやら無事に最終日を終えられそうだった。

「もう荷物は詰めたのか？」

スプーンを持つ手を止めた久遠時の問いかけに、最後のひと口を頬張ったばかりの優那は急ぎ飲み下す。

「いえ、これからです」

彼を見つつ小さく首を横に振った。

久遠時がベビーシッターを頼むのを忘れてしまったため、彼が帰宅する夜まで瑠偉の世話をすることになっている。

荷物といってもたいした量があるわけでもなく、幼稚園に瑠偉を迎えに行ってからでも間に合うと考えていた。

「優那にひとつ頼みがあるんだ」

スプーンを皿に戻した久遠時が、いつになく神妙な面持ちで顔を向けてくる。

瑠偉に関する重要な頼みごとだろうかと、優那はスプーンを置いて居住まいを正す。

「君が嫌でなければ、これからもここで瑠偉の世話や家事をしてほしいんだ」

「えっ？」

「瑠偉は君を気に入っているし、君以上に懐くベビーシッターを探すのはきっと難しい。それに、俺も君が瑠偉のそばにいてくれると、安心して仕事をしていられるんだよ」

柔らかに微笑《ほほえ》んだ彼が、答えを促すような視線を向けてくる。

即答できるような頼みではなく、優那は彼を見つめたまま黙り込む。

瑠偉の面倒を見るのは厭《いと》わない。この先もあの子と一緒にいることができたら、どんなに楽しいだろうかと思っていたくらいだ。

それに、通いのベビーシッターに懐かないという瑠偉が心配だ。久遠時が留守のあいだ、寂しい思いをさせたくなかった。

家事にしても、まったく嫌ではない。自分のためだけに料理をするよりも、誰かに食べてもらうために料理をする楽しさを覚えた。

部屋数が多いだけでなく、どの部屋も広いため、掃除をするのは少し大変だが、洗濯は毎日していれば膨大な量になることもなく、さほど苦にならない。

問題は久遠時だ。二度と馬鹿な真似はしないと約束させたし、脈のない相手に再び手を出してくるほど厄介《やっかい》な男には思えなかった。

それでも迷いがある優那が口を閉ざしていると、まるでこちらの気持ちを見抜いたかのように彼が穏やかに微笑む。

「優那の部屋に行って仕事の邪魔はしないし、嫌なら酒の相手をしてくれなくてもいい。怒らせるような真似は絶対にしないと誓うから、三食昼寝つきのアルバイトだと割り切って引き受けてくれないか？」

言い終えた久遠時が自分の食器を持って立ち上がり、キッチンへと運んでいく。

出かけるまでにあまり時間がないようだ。約束の期限は今夜であり、荷作りをする必要がある答えを出すなら今しかないだろう。

きっぱりとした口調で誓うと言った彼の言葉に、嘘はないように感じられる。なにより、瑠偉のそばを離れ難かった。

（ここでの生活は悪くないし……）

引き受ける方向に気持ちが動いた優那は、シンクの前に立っている久遠時に目を向けたところで、別の問題が残っていたことを思い出した。

「あの、これからもって、どれくらいの期間なんでしょうか？」

「期間？」

皿の汚れを水で流していた彼が、顔を上げてこちらを見てくる。

「実は僕、今月いっぱいでアパートを出ないといけないんです。だから、期間によっては次のアパートを決めておかないといけなくて……」

「出ないといけないっていうのは、立ち退きかなにかか？」

タオルで手を拭きながらダイニングに戻ってきた久遠時が、優那のすぐ脇で立ち止まった。

「そうです。姉に会いに来たのも、引っ越し用の資金を工面してもらうつもりで……」

言うつもりなどなかったのに、ふと口を衝《つ》いて出てしまい、恥ずかしさに顔が赤くなる。

「それならここに好きなだけいればいいじゃないか？　家賃はかからないし、光熱費も食費もただなんだ、今までの仕事とアルバイト代でけっこうな貯金ができるぞ」

冗談めいた口調で言った久遠時がテーブルの角に腰かけ、持っていたタオルを脇に下ろす。

確かに条件としては悪くない。これまで以上に、引き受けたい気持ちが大きくなる。

「わかりました、続けます」

潔く返事をすると、久遠時が安堵の笑みを浮かべる。

「助かるよ。君がいてくれると楽しいし、なにより安心なんだ」

「瑠偉君のためですからね」

暗におかしな真似はするなと釘を刺すと、容易に察したらしい彼が笑いながら優那の頭に片手を伸ばしてきた。

「もちろんだ。じゃあ、これまでどおりよろしく」

嬉しそうに微笑んだ彼に、髪をクシャクシャと撫でられる。

前は子供扱いされているようで腹が立ち、即座に彼の手を払いのけていた。それなのに、彼がいつになく嬉しそうな顔をしているせいなのか、今日は不思議なことにこれといって腹立ちを覚えなかった。

「それじゃ……」

久遠時がテーブルから腰を上げると同時に、彼の胸元で携帯電話の着信音が響く。

こちらに片手を上げて詫びた彼はすかさず胸ポケットから携帯電話を取り出したが、発信者を確認したとたんに眉根を寄せた。

「はい、岳瑠《たける》です」

携帯電話を耳に当てたままリビングに向かった彼が、ソファにどっかりと腰かける。

「そんなことは、言われなくてもわかってますよ」

険悪な雰囲気の声に相手が誰なのか気になり、ついこちらに背を向けて電話の相手と話をしている久遠時に目を向けてしまう。

「それは無理だと言っているでしょ？　俺には俺のやり方があるんです。口を出さないでいただきたい」

声高に言い放った彼が、荒っぽく電話を切る。

まるで自分が怒られたかのような錯覚を起こす怖い口調に、優那は座ったまま思わず身を縮めていた。

「大きな声を出して悪かった」

ソファから立ち上がり、こちらを振り返った久遠時が、申し訳なさそうに肩をすくめる。

「義父母が瑠偉に会わせろってうるさくて……」

彼は言い訳をしようとしたらしいが、義父母のひと言に先日のことをハタと思い出し、慌てて椅子から立ち上がった。

「すみません、言うのすっかり忘れてました。お二人でマンションを訪ねていらっしゃったんですよ」

「義父母が？」

怪訝《けげん》そうに眉根を寄せた彼に、優那は軽くうなずき返す。

「瑠偉君の迎えに遅刻した日で、慌ててたからご挨拶だけしかしてないんですけど……」

「そうだったのか」

「すみません……」

何日も経ってからの報告になってしまったことを、素直に詫びて頭を下げたが、彼は気にすると言いたげに笑った。

「まあ、瑠偉は初孫だから会いたい気持ちはわかるんだよ。でも、ウチに泊まらせろだの、旅行に連れて行かせろだのうるさくてね」

「しかたないですよ、お孫さんなんですから」

「俺は瑠偉の幸せだけを考えているし、育児放棄なんて絶対にしないって言うんだけど、男に子供が育てられるわけがないとか……ああ、もうこんな時間だ」

リビングルームの時計が目に入ったのか、小さなため息をもらした久遠時が、携帯電話を胸ポケットに放り込み、無造作に片手で前髪をかき上げ、シャツの襟を整える。

「じゃ、いってくるよ」

「いってらっしゃい」

急ぎ足で廊下に続くドアに向かう彼を優那はその場で見送り、テーブルから取り上げた食器をキッチンに運んでいく。

「久遠時さんを見てれば、瑠偉君をたいせつに育ててるってわかりそうだけど、自分の孫が男親だけだと寂しそうに見えるんだろうなぁ……」

ひとりつぶやきながら、シンクに運んだ食器を洗い始める。

「瑠偉君だって、たまにはお祖父《じい》ちゃんやお祖母《ばあ》ちゃんに会いたいだろうし……」

自分は物心がつく前に父方と母方の祖父母が相次いで他界し、遊んでもらった記憶がない。それだけに、瑠偉のことを一番に考えているのであれば、久遠時も義父母をうるさがらずに仲良くすればいいのにと思ってしまう。

「まあ、仕事時間以外はいっときも瑠偉君と離れていたくないみたいだから、無理なのかもしれないなぁ」

久遠時の溺愛《できあい》ぶりを目《ま》の当たりにしていると、短い時間でも瑠偉を預けることが耐えられないのだろうとわかる。

「父親として満点だと思ってたけど、瑠偉君を束縛しすぎてるし……」

電話でムキになっていた久遠時を思い出した優那は、大人げないところもあるのだなと思いながら、二人分の食器をせっせと洗っていた。

＊＊＊＊

「きょうもおかいものちてかえるのー？」

手を繋《つな》いで幼稚園の門から出たところで、瑠偉が大きな瞳で優那を見上げてきた。

「今日はお買い物はないから、真っ直ぐお家に帰るよ」

「じゃあねぇ、かえったらごほん、よんでー？」

幼稚園の塀沿いの歩道を、繋ぎ合った手を前後に大きく振りながら歩いていく。

瑠偉を寂しがらせてはいけないと考え、今日限りでマンションを出て行くはずだったことは話していなかった。

急に久遠時から引き留められ、別れを告げることもなくなったが、短い時間であっても寂しい思いをさせなくてよかったと、明るい笑みを浮かべている瑠偉を見てつくづく思う。

「どのご本がいいのかな？　ゾウさんやキリンさんが出てくるお話にする？　それとも、キツネさんのお話のほうがいい？」

「キツネしゃんのー」

すぐ返ってきた瑠偉の元気な声に、自然と頬が緩む。

「ルイねぇ、おうた、おぼえたんだよー」

「ホント？　どんなお歌？」

「えーとねー、おねむになったら～」

上機嫌で歌い始めた瑠偉の声に耳を傾ける。

けれど、なぜか彼は歌の途中で握っている手を放し、勢いよく駆け出した。

「瑠偉君？」

驚いて声をあげた優那は、すぐさま追いかける。

「ばーばぁー、じーじぃー」

瑠偉の前方に、老夫婦が立っていた。

「瑠偉くーん」

しゃがみ込んだ女性が、瑠偉を両手で抱き留め、そのまま立ち上がる。

一度しか会っていないが、二人揃《そろ》っていれば見間違うこともない。彼らは瑠偉の祖父母だ。

「こんにちは」

面識がある優那は、二人に笑顔で挨拶をした。

「こんにちは。いつも瑠偉君の送り迎えをありがとう」

優しい微笑みを浮かべる祖母に礼を言われ、思わず照れ笑いを浮かべる。

「瑠偉君と会うのは久しぶりなので、少し一緒にお散歩してもいいかしら？」

「これからですか？」

あまりにも急な申し出に、戸惑いを覚えた。

瑠偉の祖父母とはいえ、久遠時の承諾なしに預けてしまっていいものだろうか。

「瑠偉君もばぁばたちと一緒に遊びたいわよねぇ？」

「ばぁばとあしょぶー」

祖母に抱っこされている瑠偉は、かなり懐いているようだ。

彼らは赤の他人ではなく、安心して瑠偉を預けられる人たちだ。それに、喜んでいる瑠偉を見てしまったら、ダメとは言えない。

「あの……あまり遅くならないようにしていただければ……」

「心配しなくて大丈夫よ。こんな小さな子を、私たちも遅くまで引っ張り回さないわ。暗くなる前にマンションまで送り届けるから安心してちょうだい」

「では、よろしくお願いします」

祖父母に向けて丁寧に頭を下げ、改めて瑠偉に視線を移す。

「いい子にしてるんだよ」

「ばぁばー、あいしゅたべたーい」

祖父母に会えた嬉しさからか、瑠偉はこちらの声に耳も貸さない。祖父母たちも久しぶりに会えた瑠偉に夢中なのか、さっさと背を向けて歩き出してしまった。

存在すら忘れられたかのようで、ちょっとした寂しさを覚えたが、血の繋がりとはこういうことなのだと諦《あきら》める。

「楽しんでくるんだよ」

遠ざかっていく瑠偉に声をかけ、ひとりマンションに向けて歩き出す。

「あっ、晩ご飯どうしよう……一緒に食べてくるのかな？」

祖母は暗くなる前に送り届けると言っていたが、夕飯をすませてくる可能性が高い。

かといって、食べずに帰ってきたときに、晩ご飯を用意しておかないのはまずいだろう。

「なにを作ろう……」

作り置きができる料理はカレーかシチューくらいだ。しかし、カレーは昨日、シチューは一昨日、作ったばかりだった。

「そっか、ハンバーグ用の挽肉《ひきにく》があるから、ミートソースにすればいいんだ」

とりあえずメニューが決まったところでふと思いついた優那は、行き先をマンションから恵《え》比《び》寿《す》駅に変更する。

いつもは、幼稚園から帰ってきても瑠偉は元気が余っているため、疲れて寝るまでのあいだ遊んでやっていた。

けれど、今日は夕方まで戻らないのだから、時間に余裕ができる。高田馬場《たかだのばば》のアパートまで行って、瑠偉にあげると約束していたフィギュアを取ってくることができるのだ。それに、これからの仕事に必要な道具や材料も持ち出せる。

今日から本格的に生活の場が久遠時のマンションになるのだから、少しずつでも荷物を移していったほうがいいだろう。

「住所変更とか、いろいろやらないといけないのか……」

荷物を運び出す他に、やらなければならないことが幾つかありそうだった。

気分的には、そのまま久遠時のマンションに居座る感じだ。けれど、新たに部屋を借りないのであれば、アパートからマンションに引っ越すことになる。改めて考えると、とても不思議な気持ちになった。

「一週間限定だったからなぁ」

最初はしかたなく引き受けたうえに、期限が決まっていたからこそ、最終日まで子守を全《まっと》うしてやるという意気込みがあった。

それを、期限を決めずに続けるとなると、この先、どうなるのだろうかといった不安が湧き上がってくる。久遠時は好きなだけいればいいと言ってくれたが、いくらなんでもそういうわけにはいかないだろう。

結婚を前提に奈津樹とつき合っていたくらいなのだから、彼だって再婚する気はあるのだ。今はそうした気配も感じられないが、新しい恋人ができれば、彼もマンションに招きたくなるはずだ。

「新しい恋人……」

三人での楽しい生活に、女性が加わることを考えたとたん、急に気が滅入ってきた。

「悪い人じゃないと思って引き受けたのに……」

久遠時には、ちょっと食指が動いただけで誰彼となく手を出してくるような軽さがあるが、それさえなければ好感の持てる男だ。

実際に被害を受けていながら、そう思ってしまう自分に驚くが、瑠偉がいて、彼がいる、賑やかな生活が気に入っているのは事実なのだからしかたない。

けれど、その気に入っている生活も、新しい恋人が登場すれば続けられなくなるかもしれないのだ。

「恋人ができたら僕なんて必要なくなっちゃうんだろうなぁ……」

新しい恋人を紹介され、一緒に暮らすことになったと、久遠時から言われる日がいずれ訪れると思うと、やるせない気持ちになってくる。

瑠偉と一緒に暮らせる嬉しさと、条件のよさに惹かれ、つい引き受けてしまったが、もう少し考えてから返事をすればよかったと後悔し始める。

「瑠偉君だって僕より女の人と一緒のほうがいいに決まってるし、久遠時さんに恋人ができたら覚悟を決めて出て行くしかないな」

自分は久遠時に雇われているにすぎない。彼から必要ないと言われてしまえば従うしかないのだ。

自分の立場を改めて自覚した優那は、新しいフィギュアを見て喜ぶ瑠偉の顔を思い描きながら、恵比寿駅に向かって急ぎ歩いていた。

＊＊＊＊

「もう六時を過ぎたっていうのに……」

ミートソースを作り終え、時間潰しにソファに座ってテレビを観ていた優那は、待てど暮らせど瑠偉が帰ってこないことに胸騒ぎを覚え、居ても立ってもいられなくなる。

「こんなことなら携帯電話の番号を聞いておけばよかった」

あの場で思いつかなかったことを悔やみつつ、テレビをつけたままソファから立ち上がり、リビングルームの窓に歩み寄っていく。

ベランダからは、正面玄関前の通りが見下ろせる。部屋は最上階にあるため、行き交う人の姿など小さくしか見えないが、幼稚園の制服を着ている瑠偉なら見分けがつく気がした。

ガラス戸を開け、ベランダに出て行く。夏の陽は長く、まだ外は明るい。とはいえ、夕方には違いなく、もう瑠偉を送り届けてくれなければいけない時間だ。

「うーん……」

ベランダの手摺《てす》りに両手でしっかり摑まり、遥か下に見える道に目を凝《こ》らす。

もともと人通りの少ない道だが、今は人の姿がまったくない。タクシーで帰ってくる可能性も考え車にも注目したが、マンションの前で停まることなく走り過ぎていく。

「あっ……」

尻ポケットに入れた携帯電話から着信音が聞こえ、通りに目を向けたまま取り出す。

「久遠時さん？」

表示された名前を見て、にわかに鼓動が速くなる。

「はい、優那です」

『今、渋谷《しぶや》なんだけど、みんなで飲みに行くから夜はちょっと遅くなりそうだ』

「あっ、あの……」

『どうした？』

言葉に詰まったことで異変に気づいたのか、実際に顔を見ていなくても、眉根を寄せているとわかるほどの怪訝な声がすぐさま返ってきた。

もう少し待てば、瑠偉は祖父母に連れられて帰ってくるかもしれない。飲み会を楽しみにしているであろう久遠時に、よけいな心配をさせたくない思いがある。

けれど、六時を過ぎても瑠偉が帰ってこないのはおかしい。彼の身になにか起きていたらと思うと、自己判断で瑠偉を祖父母に預けてしまった優那は黙っていられなくなった。

「実は幼稚園の帰りに瑠偉君のお祖母ちゃんたちと会って……」

『それで？』

「少し一緒に散歩がしたいと言われて……」

『あの人たちが瑠偉を連れて行ったのか？』

耳に届いた久遠時の声には、ただならない怒りが感じられる。

勝手な真似をしたことを、彼は怒っているのだ。たとえ瑠偉の祖父母であっても、断るべきだったのだと、いまさらながらに後悔した。

「はい……夕方には送り届けてくれる約束だったんですけど、まだ帰ってこなくて……」

『くそっ』

「すみません、お祖母ちゃんたちと散歩くらいならと思って……勝手なことをして本当にすみませんでした……」

携帯電話を耳に押し当てたまま、ひたすら頭を下げる。

『たぶん、家に連れて行ってるんだ。連れ戻しに行くからつき合ってくれ』

「はい」

優那は迷うことなく返事をしていた。

自らの間違った判断で心配をかけてしまったのだから、久遠時の言葉にはすべて従う。そんな心積もりがあった。

『俺はいますぐタクシーを拾うから、マンションの前で待ってろ』

「遠回りにならないんですか?」

『駒沢《こまざわ》までの通り道だから大丈夫だ』

「わかりました、外で待ってます」

電話を終えた優那は、携帯電話を尻ポケットに入れながら部屋に戻り、ガラス戸を閉めて鍵をかける。

次にリビングルームのテレビを消し、キッチンに行って火の元を確認し、各部屋の戸締まりをしてから、自分の部屋に行って財布を取ってきた。

「あとは大丈夫だよな?」

リビングルームの中央に立って部屋をぐるりと見回し、問題ないことを確認してから玄関に向かう。

廊下に出て玄関ドアの鍵をかけ、エレベーターホールまで駆けていき、最上階で待機していたエレベーターに乗る。

渋滞に巻き込まれなければ、渋谷からはタクシーで十分ほどで着くはずだ。いくらも待つことなく、久遠時を乗せたタクシーはマンション前に到着することだろう。

「ああ、もう……どうしよう……」

エレベーターを降りてロビーを抜け、正面玄関を出た優那は、落ち着かない気持ちで左右に目を向ける。

久遠時は義父母とそりが合わないようだったが、瑠偉に会わせろとうるさく言われることに辟易《へきえき》しているのだと思い込んでいた。

祖父母が孫に会いたがるのは当然のことであり、瑠偉だってたまには一緒に遊びたいはずだと決めてかかっていた。

けれど、瑠偉を誰よりもたいせつに思っている久遠時が、あえて祖父母に会わせないようにしていたのには、きっとそれなりの理由があったのだ。

祖父母なのだから安全と短絡的に考え、久遠時に確認しなかった自分のあさはかさが、悔やんでも悔やみきれなかった。

「あっ……」

一台のタクシーが優那の目の前でピタリと停止し、後部座席のドアが開く。

「優那、乗ってくれ」

身を乗り出してきた久遠時に大きな声で促され、急ぎ彼の隣に乗り込んだ。

「行ってください」

久遠時が運転手に声をかけると同時にドアが閉まり、タクシーが滑らかに走り出す。

優那は息つく間もなく、シートに座ったまま身体の向きを変え、真っ直ぐに久遠時を見つめた。

「すみません、本当に僕……」

「いいんだ、ちゃんと話しておかなかった俺が悪い」

急《せ》いた気持ちを静めるかのように、彼が一呼吸、置いて話を続ける。

「あの人たちは瑠偉を引き取りたがってるんだよ」

「瑠偉君を？」

「妻はひとり娘で、早く亡くなってしまったから、あの人たちが孫に執着する気持ちはわかるんだよ。でも、俺は瑠偉を手放す気はないし、たとえ親がひとりでも育てるべきだと思ってるから話しても平行線を辿るだけなんだ」

言い終えた久遠時が、重苦しいため息をもらす。

「そうだったんですか……」

事情を知らなかったとはいえ、自分がよかれと思ってしたことが、彼にとって一大事だったとわかり、優那は言葉を続けられなくなった。

「気を落とすなよ、優那は悪くないんだ」

「でも……」

彼は優しく肩を叩いてくれたが、申し訳ない気持ちが募るばかりだ。

瑠偉を家に連れ帰ったであろう祖父母は、もしかしたら久遠時が父親として相応《ふさわ》しくないというようなことを、幼子《おさなご》に吹き込んでいるかもしれない。

男手ひとつで育てているとはいえ、久遠時は父親として愛情のすべてを瑠偉に注いでいる。

それは、たとえ血が繋がっていたとしても、祖父母にはできないことだ。

瑠偉の幸せは、久遠時と暮らすことにある。優那はそう思えてならなかった。

「しかし、待ち伏せするとはなぁ……」

「瑠偉君を返してくれるでしょうか？」

「返すもなにも、瑠偉は俺の子だ。どんな手を打ってこようが奪い返す」

優那の心配を力強い言葉で払拭《ふっしょく》してきた久遠時が、急に顔つきを厳しくする。

「ただ、あの人たちと言い合うところを、瑠偉には見られたくないんだ」

「わかりました。僕が瑠偉君を上手く連れ出します」

大きくうなずき、きっぱりと言い放った。

「頼んだぞ」

「はい」

再び大きくうなずき返した。

彼の気持ちは手に取るように理解できる。穏便に瑠偉を連れて帰れるわけがなく、祖父母と久遠時が言い合いになることは避けられないだろう。

幼子を奪い合って争う彼らの姿など、絶対、瑠偉には見せたくない。優那はまったく同じ気持ちだった。

＊＊＊＊＊

駒沢の閑静な住宅街にある祖父母の家は純和風の二階建てで、門を入っていくと磨《す》りガラスをはめた二枚の玄関戸があった。

久遠時が呼び鈴を鳴らして間もなく、片側のガラス戸がガラガラと音を立てて開く。

「あら、いらっしゃい。お久しぶりね、岳瑠さん」

出迎えた祖母が、平然と久遠時を見上げる。

彼の後ろに立っている優那は、視線を向けてきた彼女に軽く会釈《えしゃく》したが、素知らぬ顔で無視された。

「瑠偉はどこですか?」

「遊び疲れたみたいだから、客間で休ませているわ」

祖母の答えを聞いた久遠時が勝手に玄関の中に入り、靴を脱いで廊下に上がる。

「お義母《かあ》さんたちに話があります。お義父《とう》さんもいらっしゃいますよね?」

彼が厳しい口調で言いながら、続けて廊下に上がってきた祖母を振り返った。

「ずいぶんな剣幕だこと」

うなずいた彼女が呆れ気味に笑いながら、廊下の奥へと足を進めていく。

「優那」

優那が彼らのやり取りを玄関の外から窺《うかが》っていると、小さな声で呼びかけてきた久遠時が、横の襖《ふすま》を指さしてきた。

そこが瑠偉が休んでいるという客間なのだろうとすぐに察し、玄関の中に入って静かにガラス戸を閉める。

久遠時はすでに祖母のあとを追って廊下を歩き出していた。瑠偉のことは任せた。そう後ろ姿が言っているように感じられる。

「お邪魔します……」

靴を脱いで廊下に上がり、襖の引手に指をかけ、音を立てないようそっと滑らせた。

半分ほど開けたところで中を覗く。片側に寄せて敷いてある布団の中央に、瑠偉が仰向けに寝ている。

小さな身体には、動物アニメのキャラクターが描かれた、子供用のタオルケットがかかっていた。

さらに襖を開いて客間に足を踏み入れ、布団の脇に正座をし、起こさないよう気をつけながら瑠偉の顔を覗き込む。

「よく寝ている、たくさん遊んでもらったんだな」

いつもと変わらない愛らしい寝顔に安堵していると、廊下の奥から久遠時の大きな声が聞こえてきた。

「瑠偉を断りもなく連れて行くとはどういうことですか？」

「あらいやだ、ベビーシッターさんには、ちゃんとお断りしたわよ」

続いて聞こえてきた祖母の声に、瑠偉が目を覚ましそうで不安になる。

寝ているうちに抱き上げ、家の外に出たほうがいいだろうかと思案していると、またしても久遠時の怒鳴り声が聞こえてきた。

「瑠偉の親である俺に断るのが礼儀でしょう？　瑠偉の祖父母だからって、勝手に連れて行くような真似をしないでください」

「ベビーシッターを頼まなければならないような生活をしている人に、可愛い瑠偉君を任せられるわけがないでしょう。あの子にはずっとそばにいてあげられる身内が必要なのよ」

「父親の俺がいるのに、あなたたちと暮らして瑠偉が幸せだと本気で思ってるんですか？」

「当然でしょう。あの子は私たちの孫なのよ」

「俺はあの子を愛してる。有り余るくらいの愛情を注いで育てていますよ。あなたたちの手を借りなくても、あの子を立派に育てる自信があります。父親なんですからね」

ひときわ大きな久遠時の声に、優那は思わず心の中で「頑張れ」と叫んでしまう。

「うん……」

瑠偉が小さな声をもらし、寝返りを打った。

このままではきっと目を覚ましてしまうだろう。そうなる前に、ここから連れ出したほうがよさそうだ。

「それに、今は俺ひとりじゃない。瑠偉が母親のように慕う人がいつもそばにいるんです。三人の幸せな生活の邪魔をしないでください」

再び聞こえてきた久遠時の声に、瑠偉を抱き上げていた優那はハッとする。

「もしかして僕のこと？」

自分のことを言っているとしか思えない彼の言葉に、わけもわからず胸が熱くなる。

「幸せな生活……」

久遠時の口からこんな言葉が出るとは思いも寄らなかった。

自分を信頼して瑠偉を任せてくれているだけでなく、彼は今の暮らしを幸せだと感じているのだ。初めて知った彼の気持ちに、なぜか喜びが込み上げてきた。

「そんな方がいるなら、紹介していただきたいわ」

「とにかく、瑠偉を連れて帰ります。今度、勝手に瑠偉を連れて行ったりしたら、たとえお義母さんたちであっても、俺は絶対に許しません」

声高に言い捨てた久遠時が廊下に出てきたのがわかり、優那はしっかり瑠偉を抱き直す。

「ふぅん……」

楽しい夢でも見ている最中なのか、頬を緩めて目尻を下げている瑠偉は、抱き上げられても

目を覚ますことはなかった。

「優那?」

大きな足音を立てて廊下を歩いてきた久遠時が、客間に入ってくる。

「よく寝てますよ」

瑠偉を抱っこしたまま歩み寄っていくと、彼が両手を伸ばしてきた。

「俺が抱こう」

そっと瑠偉を持ち上げた彼が、慣れた手つきで胸に抱き寄せる。

小さな手が自然に動き、久遠時が着ているシャツを摑む。

ほんの一瞬の出来事だったが、親と子の強い繫がりを感じた優那は、これでよかったのだと思う。

「失礼します」

追ってきた祖父母に一方的に暇《いとま》を告げた久遠時が、靴を履いて玄関を出て行く。

彼らに軽く会釈をした優那は、靴を引っかけて久遠時のあとを追い、静かに玄関のガラス戸を閉めた。

「タクシーを捕まえてくれないか?」

「はい」

彼を追い抜いて門の外に出ていくと、運よく空車が走ってくるのが見え、急ぎ片手を上げてタクシーを止める。

「先に乗ってくれ」

ドアが開くと同時に先に乗り込んだ優那は、できるだけ右端に寄って座った。

続いて乗ってきた久遠時が、二人のあいだにできたスペースに、抱っこしていた瑠偉を座らせ、片腕に抱き寄せる。

瑠偉はよほど疲れているのか、まったく目を覚ますことなく、スヤスヤと眠っていた。

「瑠偉はずっと寝てたのか？」

「ええ、まさに爆睡です」

「よかった……」

久遠時の顔にようやく笑みが浮かぶ。

彼にとって、瑠偉は一瞬でも失うわけにいかない存在なのだと、優那は改めて実感した。

「あの、ミートソースを作ったんですけど、帰ったら食べますか？」

「いいな、怒鳴ったら腹が減ったよ」

瑠偉を取り返してよほど安堵したのか、彼の表情は穏やかなままだ。

「優那も夕飯はまだなんだろう？」

「はい」

「じゃ、一緒に食べるか」

「はい」

顔を見合わせたまま元気よく返事をすると、彼は満足そうにうなずき返し、瑠偉を愛しげに見つめた。

彼は誰にも邪魔されない、瑠偉との穏やかな生活を望んでいるのだろう。彼であれば、きっとひとりでも瑠偉を育て上げることができるはずだ。

それなのに、好きなだけマンションにいていいと言ってくれた。そして、今の生活を幸せだと思ってくれている。

（なんか、三人で暮らすのって楽しいかも……）

久遠時にはいらぬ不安を抱かせてしまったことを反省しつつも、無事に瑠偉を連れ戻せたことで胸を撫で下ろした優那は、明日から本格的に始まる彼らとの生活を思い描き、ひとり頬を緩めていた。

第八章

ドラマの台本が上がらず、急遽《きゅうきょ》、仕事がオフとなった久遠時は、瑠偉と優那を連れて海に遊びに来ていた。

瑠偉を海に連れてくるのは初めてであり、おおいにはしゃぐだろうと予想していた。ところが、優那も二十年近く海に来ていないらしく、瑠偉と変わらないほどのはしゃぎっぷりだ。

車を降りて浜辺に出るなり、手を繋いで一目散に波打ち際に駆けていった彼らは、夏の陽射しを浴びながら楽しそうに遊んでいた。

瑠偉はピンクのタンクトップに、青い半ズボンを穿《は》き、麦わら帽子を被《かぶ》っている。上半身裸の優那は、デニムパンツの裾を膝上まで捲り上げていた。

急に撮影が中止になったうえに、思いつきで海に行くことが決まったため、二人とも水着の用意が間に合わなかったのだ。

途中で購入してもよかったのだが、着替えを持っていけば問題ないと優那に言われ、水着なしでやってきた。

連続ドラマの撮影中で日焼けするわけにいかず、端《はな》から海に入るつもりがない久遠時は、ツバの広い帽子を被り、黒のサングラスをかけ、白い長袖のシャツを着ている。

「童心に返って遊ぶっていうのは、今の優那みたいのを言うんだろうな」

広げたビニールシートに片膝を立てて座っている久遠時は、まるで二人の保護者になった気分で彼らを眺《なが》めていた。

「パーパ、かいしゃんひろったー」

大きな声をあげながらこちらに向かって走ってくる瑠偉を、優那が慌てて追いかけてくる。

勝手に瑠偉を連れ帰った義父母と言い合った日をきっかけに、優那との関係はより近しいものになった。

『久遠時さんなら絶対に瑠偉君を立派に育てられます。微力ながら僕もお手伝いします』

帰りのタクシーの中で彼が言ってくれた言葉を、何日経っても鮮明に思い出す。と同時に、愛しさを募らせてきた。

「パーパ、パーパ」

走ったままの勢いで胸に飛び込んできた瑠偉を両手で抱き留め、脚のあいだに座らせる。

「きれいなかいしゃん、パパにあげるー」

彼が差し出してきた小さな手には、桜色の貝がひとつだけ載っていた。

「ひとつしかないんだろう？　初めて拾った貝なんだから、瑠偉が持ってたほうがいいよ」

「いっぱいひろったのー。そんなかでもいちばんきれいなのパパにあげましゅー」

「そっか、ありがとう」

他の貝はポケットにでも入っているのだろうかと思いつつ、ありがたく瑠偉の手から貝をいただく。

「瑠偉君、拾った貝を置いていったらダメじゃないか」

ようやく追いついた優那が、シートの上で握っていた手を広げると、小さな桜色の貝がパラパラと散らばった。

「これ、みーんなルイのなのー」

「こんなにたくさん拾ったのか、すごいな」

頭を撫でてやると、瑠偉が嬉しそうにこちらを見上げて笑う。

もともとよく笑う子だったが、優那が家に来てから、より笑うようになった。

瑠偉の元気な笑顔を見ているだけで、幸せを感じる。これで優那と心が通じ合えば言うことはないのだが、なかなか次の一歩に踏み出せないでいた。

「瑠偉君、ジュースとお水、どっちがいい？」

シートの端に置いてある帆布のバッグから、優那が小振りの水筒を取り出す。

前もってわかっていれば弁当を作ったのにと、彼は不満をもらしながらも、飲み物を入れた幾つかの水筒、瑠偉の好きな菓子などを自分のバッグに詰めてくれていた。

「ジュース」

瑠偉のひと言に、彼がフタを開けた水筒を差し出してくる。

久遠時が抱き留めている腕から抜け出した瑠偉が、両手両膝をシートについて優那に近寄っていく。

「はい、どうぞ」

彼が小さな手に水筒を持たせると、瑠偉はその場に尻をつき、ジュースを飲み始めた。

「なにか飲みますか？」

「水をくれるかな」

小さくうなずいた彼が、二本の水筒を手に持ち、久遠時の隣に座ってくる。

「どうぞ」

「ありがとう」

礼を言って受け取った水筒のフタを開け、冷えた水を喉に流し込む。

「海がこんなに楽しいとは思いませんでした」

「瑠偉以上にはしゃいでたな？」

なにげなく口にしたひと言に、優那が黙って俯《うつむ》く。

もしかして赤くなっているのだろうか。表情がよく見てみたくなり、サングラスを外して胸ポケットに挿し入れる。

案の定、頬と耳がうっすらと赤くなっていた。ちょっとした言葉に恥じらった彼が、これまでになく可愛く思えた。

「これだけ陽射しが強いと、一気に日焼けしそうです」

照れ隠しなのか、彼が前に伸ばした自分の腕をしみじみと眺める。

「完全防備してても、焼けちゃうんじゃないですか？」

こちらに視線を移してきた彼と目が合う。

自分で隣に座っておきながら、思いのほか近い距離に慌てたのか、サッと顔を前に向けてしまった。

その様子があまりにも可愛らしく、片手を伸ばして彼のあごを摑み、顔をこちらに戻す。

急なことに今度は驚いたのか、彼が目を丸くして見返してきた。

恥じらったり、慌てたり、驚いたりと、彼は短いあいだにコロコロと表情を変える。

「ホントに君は可愛いな」

ひとしきり優那を見つめた久遠時は、驚きにポカンと開いたままの口に、まるで引き寄せられるように唇を重ねていた。

「んんっ……」

彼の手から落ちた水筒の音に、ハッと我に返って唇を離したとたん、瑠偉がこちらを見ていることに気がつく。

「ユーナにだけチューちてじゅっるーい」

瑠偉が不満の声をあげると、それまで呆然としていた優那が、慌てふためいたように落ちた水筒を拾い上げ、ついてもいない砂を払い落とす真似をする。

優那があまりに可愛く思え、場所もわきまえずついキスしてしまった。いまさらなかったことにできるわけもなく、久遠時は瑠偉を抱き寄せて頬にキスをした。

「ルイもチューしゅるー」

キスをしてもらえて機嫌がよくなったのか、瑠偉が身を乗り出して久遠時の頬に唇を押しつけてくる。

「ユーナにもー」

そそくさと隣に移動し、戸惑いも露わな顔をしている優那の頬にキスをし、そのまま彼に抱きつく。

「ユーナ、いっしょにおしゅなのやまつくろー」

しがみついている瑠偉にせがまれた優那が、持っていた水筒を脇に下ろして立ち上がる。

「はやくぅ」

瑠偉に手を握られた彼が、有無を言わせぬ勢いで波打ち際へと引っ張っていかれた。

この場をどう取り繕ったらいいだろうかと、そのことばかり考えていた久遠時は、瑠偉が取ったあどけない行動に胸を撫で下ろす。

「まいったな……」

胸ポケットから取り出したサングラスをかけ、帽子を目深《まぶか》に被り直し、シートにゴロリと横になる。

優那に対する思いを募らせながらも、今日までなにもせずにきた。それはひとえに、ずっと彼にマンションで暮らしてほしかったからだ。

酔いに任せて手を出した彼に、好きだと告白したところで、簡単には信じてもらえないだろうことはわかっていた。

それでも、まずは伝えるべきだろうと思い、翌日、さりげなく告白した。答えは想像していたとおりで、完全なる拒絶にそれ以上、なにも言えなくなっていた。

ただ、このまま終わりにしたくない気持ちが強くあり、ベビーシッターと家事の延長を頼んでみたのだ。

ひとたびマンションを出て行ってしまったら、彼には二度と会えないだろう。けれど、一緒に暮らしていれば、いつかまた彼に思いを伝えられるときがくる。そう思ってのことだ。

彼が承諾してくれたのは、瑠偉が懐いているだけでなく、悪く言えば金に目が眩んだからだろう。

それでも、彼がそばにいてくれることが重要なのであり、引き受けた理由などはどうでもよかった。

「このままじゃ、いられないな……」

帽子のツバを上げた久遠時は、サングラスをしていても眩《まぶ》しい空を、目を細めて見上げる。

二度までもキスをされた優那が、おとなしくマンションに留まってくれるわけがない。

なにもしないと約束したのに破ってしまったのだから、今日限りで出て行くと言い出してもおかしくないだろう。

優那に早く気持ちを伝えなければ、と焦りを感じる。

「帰りの車中か、マンションか……」

瑠偉がいたのでは、さすがに告白できない。

とはいえ、できることなら優那が話を切り出すより先に、胸の内を伝えたい。

女性が相手のときは、告白する場所やタイミングをここまで悩むこともなかった。

好きな気持ちは同じだというのに、こんなにも難しく考えてしまうのは、優那が同性というだけでなく、絶対に失いたくない存在になっているからだ。

優那の心を射止めたい。それなのに、これまでのように本能の赴くままに動けなくなっている久遠時は、青々と広がる空をじっと見つめていた。

＊＊＊＊

シャワーを浴び終え、脱衣所でパジャマに着替えた優那は、洗面台の鏡を前にフェイスタオルで濡れた髪を拭いている。

久遠時は瑠偉と先に風呂に入り、入れ違いにシャワーを浴びた。今、久遠時は瑠偉を寝かしつけているところだろう。

「二度としないって言ったのに……」

軽く触れただけにもかかわらず、久遠時の唇の感触が生々しく残っている。

あのキスにどんな意味があったのかわからない。瑠偉が一緒にいたのでは訊くに訊けず、帰りの車中は気まずさからずっと寝たふりをしてしまった。

「忘れたころにキスしてくるんだから、またいつされるかわからないじゃないか……」

三人での生活が普通に思えるようになってきたところだっただけに、心を乱すような真似をしてきた久遠時が許せない。

「もう一度、言ってダメだったら、ここを出て行くしかないな」

髪を拭いたタオルをカゴに放り込み、ため息をつきつつ脱衣所を出て行く。

「うわっ」

出てすぐのところに立っていた久遠時に気づかず、ぶつかってしまった優那は、大きな声をあげて飛び退いた。

「大丈夫か？」

「ええ……」

距離を取ったまま彼を見上げてうなずく。

「昼間は悪かった……君を見ていたら衝動的にキスしてたんだ」

道を塞ぐかのように廊下の中央に立つ彼が、苦々しく笑いながら見つめてくる。

「君は俺に好きだと言われても嬉しくないって言ったよな？　でも、俺は何度でも言うよ。君のことが本気で好きだから、言わずにはいられないんだ」

「どうして僕なんですか？　僕は男ですよ？　久遠時さんほどの人なら、素敵な女性を選び放題でしょう？」

「俺は優那が好きなんだ。俺だって男の君を好きになった自分に驚いたよ。今まで一度だって男に惚れたことなんてないんだから悩んださ……」

言葉を切った久遠時が、苦悶の表情を浮かべて肩を落とす。

かつて目にしたことがない顔つきだ。口から出任せを言っているとは思えない。いつもと違う様子の彼に、優那は動揺し始める。

「だけど、どれだけ悩んでも答えは同じだった……俺は優那が好きなんだよ。君のすべてを欲しいって思ってる」

「そんなこと言われても、僕、男だし……」

怯《ひる》むほどの強い口調で言われ、言い返しながらも思わず片足を引いていた。

確かに女性は苦手だ。遠慮なく言葉を交わせるのは、姉くらいしかいない。だからといって男が好きなわけではないのだ。

「俺に好きだって言われるのはそんなに迷惑なのか？　男が男を好きになったらいけないのか？」

「それは……」

「俺はどんなときでも自分に正直にいたいと思ってる。だから、男の君を好きになった自分を受け入れた。男だからっていう理由で、俺を退《しりぞ》けないでくれないか？」

真摯な瞳で訴えてくる彼を、真っ直ぐに見返すことができなかった。

「男なのにそんなの無理です」

そう言って彼の脇をすり抜け、廊下を走って自分の部屋に駆け込む。

閉めたドアに寄りかかり、肩で息をつきながら天井を仰ぎ見る。

「まさか、本気だったなんて……」

いまだに久遠時の言葉が信じられない。

酒に酔った勢いで手近にいた自分を弄《もてあそ》び、好きだと言って適当に誤魔化そうとしてきたのだと思っていた。

女でも男でも見境がなかったわけではなく、初めて男の自分を好きになって、悩んだというのだから驚きだ。

「悪い人じゃないよ……そんなことはわかってる……だけど……」

激しく動揺している優那は、ドア伝いにズルズルと床にへたり込む。

誰かに本気で好きだと告白されたことがない。もう一生、誰からも告白されることはないだろうと思っていた。

それが現実となったばかりか、男からの告白など想定外だったのだから心が大きく乱れる。

『俺を退けないでくれないか？』

久遠時の言葉が脳裏に蘇ってきた。

あのときの彼は、ひどく切羽詰まった顔をしていた。悩んだ末に告白してきた彼の気持ちを思うと、同性であることを理由にしてはいけないような気もしてくる。

「そういえば……」

男の久遠時から好きだと言われ、嫌悪感を覚えなかった。最初のときも同じだったことを思い出す。

あの日は怒りを感じた。そして、改めて告白された今は、同性から好きだと言われて戸惑っている。

「彼は男なんだ……」

自分のことながら、よくわからなくなってくる。

久遠時に惹かれる部分は多々あった。

瑠偉に対する強くて大きな愛情、不真面目《ふまじめ》そうに見えて意外にも真面目なところ、前向きな考え方などいろいろあるが、なにより彼のそばにいると楽しいと感じられる。

だからこそ、三人での生活を続けたいと思った。この生活を続けたいから、久遠時が新しい恋人なんか作らなければいいとさえ思ったのだ。

「人を好きになるって、どんな感じなんだろう……」

初恋の記憶もなく、恋愛経験が皆無だからか、今の自分が抱いている感情が理解できない。

明日からどんな顔で久遠時と会えばいいのかすらわからない優那は、床に座ったまま両の膝を抱え込み、時間も忘れて悶々《もんもん》としていた。

第九章

一夜明け、優那はいつものように三人で朝食を取り、瑠偉を幼稚園まで送って行き、帰ってきてから洗濯を始めた。

久遠時は幼稚園に行く瑠偉を玄関まで見送ったのだが、帰ってきたときには姿がなかった。

朝食の際に、午後から撮影だと言っていたが、まだ出かけた気配がなく、たぶん自室にいると思われる。

自分だけでなく、彼も気まずいのだろうとわかるだけに、早く答えを出さなければと思うのだが、そう簡単にはいかなかった。

洗い終わった洗濯物をカゴに入れてベランダに運び、一枚ずつ丁寧に干していく。豪勢なマンションにはドライルームが設置されているのだが、陽当たりのよいベランダに干すほうが気持ちよかった。

「はぁ、どうしよう……」

晴れ渡った空を見上げてため息をもらした優那は、背後に人がいる気配を感じてなにげなく振り返る。

「あっ……」

リビングルームの中央に立ち、こちらを見ていた久遠時が歩み寄ってくる。

間もなく出かける時間なのか、朝食のときはパジャマ姿だった彼も、すっかり身支度を整え終えていた。

丈が長くゆったりとした生成《きな》りのサマーニットに、濃いベージュのパンツを合わせ、両の手を脇のポケットに入れている。

「昨夜、俺があんなこと言ったから、ここに居づらくなった？」

窓際で足を止めた彼が、真っ直ぐに見つめてきた。

優那は手にしていた洗濯物をキュッと握り締め、小さく首を横に振る。

同性であることを理由に、彼の真摯な告白を拒絶したものの、なぜかマンションを出て行こうという考えには至らなかったのだ。

「でも、俺に好きだって言われて迷惑だったんだろう？」

「それは……」

答えに窮して唇を噛む。

今になって改めて思えば、迷惑に感じたわけではないような気がする。彼が本気で自分を好きだったとわかったことに、大きな衝撃を受けたのだ。

そうでなければ、夜を徹して悩むわけがない。一緒に暮らすことを嫌だと思っていないだけでなく、惹かれている部分があったからこそ、本気の告白に動揺したのだと思っている。

とはいえ、明け方近くまであれこれ考えながらも、いまだに彼に対して自分が好意を抱いているだけなのか、それ以上の感情を持っているのかがわからなかった。

「今の瑠偉には、絶対に君が必要だ。でも、俺も君を必要としている。遊びでもからかいでもなく、本気で優那が好きなんだよ」

久遠時の熱のこもった言葉に、わけもわからず胸が熱くなってくる。

こんなにも自分を必要としてくれているのならば、彼の気持ちに応《こた》えてみようかといった考えまで浮かんできた。

けれど、なぜ男の自分を好きになったりしたのだろうかという疑問も残る。彼は男を好きになったのは初めてだと明言した。ずっと女性を恋愛対象にしてきた男が、いきなり同性を好きになるのは解せない。

「久遠時さん……」

「うん？」

彼が真っ直ぐにこちらを見つめたまま、軽く首を傾げる。

「姉さんに未練があるからじゃないんですか？　僕が姉さんに似てるから、それで身代わりにしようとしてるだけなんでしょう？」

思いついたままに口にすると、久遠時の表情が一瞬にして変わった。

「君に奈津樹を重ねて見たことなんか一度だってない。優那だから好きになったんだよ。瑠偉と一緒にいるときの子供っぽい君、人の目を気にせず好きなことに邁進《まいしん》する君、家事をそつなくこなす君のすべてが愛おしくてたまらない……」

熱い口調で一気に捲《まく》し立て、大きく足を踏み出してベランダに出てきた彼に、片手で腰をグイッと引き寄せられる。

不意打ちを食らって仰《の》け反《ぞ》ったところで唇を塞がれ、動転した優那の手から洗濯物が滑り落ちた。

「んんっ……」

勢いのあるくちづけに、息が詰まりそうになる。

さらには、深く唇を重ねてきた彼に舌を搦《から》め捕《と》られ、そのまま強く吸い上げられ、鳩尾《みぞおち》の奥がトクンと疼く。

「んっ」

知らぬ間に踵《かかと》が浮き、為《な》す術《すべ》もなく下ろしている手の先が甘く痺れてくる。

目眩《めまい》を起こしそうなほど濃厚なくちづけに、身体のそこかしこから力が抜けていった。

「う……ん」

頽《くずお》れそうになる直前に唇が離れ、優那は広い胸に身体を寄せて息を吐き出す。

「はふっ……」

脱力した身体を片腕に抱き留めてくれている久遠時が、肩口に顔を埋《うず》めてくる。

「俺は君が好きだ。もし君が俺のことを……」

耳をかすめていく吐息交じりの囁きにハッと我に返った優那は、彼が言い終えるより早く顔を起こした。

「あっ、あの……」

両手を彼の胸に押し当て、身体を遠ざける。

「少し考える時間を……」

力なく両手を下ろして項垂《うなだ》れると、久遠時が小さなため息をもらした。

「わかった」

聞き入れてくれた彼を、上目遣いで見返す。

「仕事に行ってくる」

そう言って柔らかに微笑み、リビングルームに戻って行く彼を、ベランダに立ち尽くしたまま黙って見送る。

廊下に出た彼がドアを閉めるまで見つめていた優那は、足下に落ちている洗濯物にふと気づき、屈み込んで拾い上げた。

「なんで……」

唇を重ね合っているうちに、久遠時とならつき合ってみてもいいかもしれないと思っている自分がいた。

彼の囁きに我に返らなかったら、自分はどうしていたのだろうか。彼を好きだという明確な気持ちがあるわけでもないのに、受け入れてしまっていたのだろうか。

「嫌いじゃないけど……」

いくら考えても、出てくる思いは同じだった。

マンションを出て行こうと思うほど、彼を嫌悪していないばかりか、このまま三人で暮らし続けたい気持ちが強くある。

けれど、久遠時を好きかと訊かれたら、答えようがない。嫌いではないけれど、好きかどうかがわからない自分に苛《いら》つく。

「このままじゃダメなのかな……」

久遠時が自分に恋愛感情など抱かなければ、楽しく三人で暮らしていけたはずだ。

「もし僕が無理だって言ったら……」

気持ちが通じ合わない相手と暮らすことを、彼はつらいと感じるだろう。それがわかっていながら、自分も一緒に暮らせるわけがない。

このままマンションに留まるか、もしくは出て行くか。決めるのは自分なのだと思うと、心が大きく揺れた。

「みんなで一緒に暮らしたい……」

拾い上げた洗濯物をカゴに入れ、ベランダの向こうに広がる空を見つめる。

今となっては、ひとりでの生活など考えられない。それくらい、瑠偉と久遠時がいる暮らしが当たり前になっている。

けれど、三人での暮らしを続けるためには、久遠時の気持ちを受け入れる必要がある。

今では彼を嫌いではないと断言できるし、熱のこもった告白もくちづけも嫌ではないどころか、双方に胸を熱くした。問題なのは、互いに男だということだ。

「久遠時さんも悩んだって言っていたよな……」

恋愛経験が豊富であろう彼ですら、男同士であることに悩んだのだ。恋愛などしたことがない自分が、彼以上に悩むのは当然だろう。

「本当は待たせたらいけないんだろうけど……」

すぐには答えを出せそうにないが、久遠時から考える時間をもらった優那は、もうしばらく自分の気持ちと向き合ってみようと思っていた。

＊＊＊＊

瑠偉を幼稚園に迎えに行った優那は、その足で恵比寿駅近くにあるホビー雑誌の編集部を訪ねていた。

幼稚園児を連れて行くことの了解は前もって得ている。子連れで編集部を訪ねてくるライターなどいないと最初は笑われたが、事情を説明すると快諾してくれた。

「瑠偉君、これ知ってる？　マインガーVに出てくるザウトよ」

顔なじみの編集者と優那が打ち合わせをする脇で、子供好きの女性編集者が瑠偉の相手をしてくれている。

怪獣やロボットが大好きな瑠偉は、女性編集者が次々に持ってくるフィギュアを前に目を輝かせていた。

「じゃあ、ツールの紹介コーナーは十月号からってことで……」

「はい、ありがとうございます」

新コーナーの詳細も決まり、打ち合わせが一段落したところで、編集者が目の前に積んである小さなクリアケースを手に取り、優那に見せてきた。

「一昨日、メーカーに行ったらくれたんだけど、いる？」

彼が手にしているクリアケースには、セーラー服を着たロングヘアの少女フィギュアの完成品が入っている。

人気アニメの主人公で、つい最近、一般向けに広く販売された大量生産品のひとつだ。

「僕は、この手のは……」

「やっぱり、いらないか」

優那が苦笑いを浮かべると、編集者が肩をすくめてケースを元に戻す。

いつもであれば、好みから外れるフィギュアであっても興味を示し、それをもとに小一時間は編集者と盛り上がったりする。

編集部を訪ねると、打ち合わせと同じくらいの時間を、雑談に費やすのが普通になっていた。

けれど、今日はそうした気分にならないでいる。ここに来る途中に立ち寄った書店で、ふと目にした女性週刊誌の見出しが気になっているのだ。

〈久遠時岳瑠に新たな恋人発覚！　新人女優と熱い夜の一部始終〉

いくら忘れようとしても、大きな見出しが目に焼きついて離れない。

以前、久遠時は、ただ女性と一緒にいるだけでも写真に撮られて困ると嘆いていた。もしかしたら、今回の記事も、根も葉もないことを書き立てられているのかもしれない。

それでも、告白されて間もないだけに気になる。やはり本命は女性なのではないだろうか。告白のすべては嘘で、瑠偉のために引き留めようとしているのではないだろうか。

久遠時を疑いたくない気持ちがあるのに、よくない考えばかりが頭に浮かんできていた。

「パーパ！」

急に瑠偉が大きな声をあげ、優那は心臓が止まりそうなほど驚く。

「えーっ、瑠偉君のパパって久遠時岳瑠なの？」

瑠偉の相手をしていた女性編集者の甲高《かんだか》い声が響き、いったいなにごとだろうかと恐る恐る振り返ると、彼らの奥にあるテレビの画面に久遠時が映し出されていた。

先ほどまでテレビはついていなかった。瑠偉が退屈しないようにと、女性編集者がつけてくれたようだ。

「パーパ、パーパ」

テレビの前に立った瑠偉が、はしゃいだ声をあげながら、マイクを持ったレポーターに囲まれている久遠時を指さす。

『久遠時さん、新しい恋人ができたそうですね？』

『新人女優の戸波《となみ》レイカさんとおつき合いしてるって本当ですか？』

レポーターたちが女性週刊誌の記事を確認し始め、優那はテレビから目が離せなくなる。

『恋人だなんてとんでもない。戸波さんはいいお友だちです』

『週刊誌によると、戸波さんのマンションから一緒に出てきたとありますが？』

笑顔で否定した久遠時に、レポーターが詰め寄った。

いったい、いつのことなのだろうか。久遠時の答えを聞き逃すまいと、椅子から身を乗り出して耳を澄ます。

『ドラマの共演者たちと一緒だった時に、二人だけのところを撮られたんです。心に決めた人がいる僕としてはこういうのはやめてほしい。ユーナ、週刊誌の記事は全部、嘘だ。愛してるのは君だけだ』

『えっ？』

予期せぬ事態にレポーターたちが声を失う。

彼らは、人気俳優と新人女優とのスキャンダルを追っていた。それが、当事者である久遠時

が、いきなり別の女性にラブコールを贈ったのだから、呆然としてしまうのも無理はない。

それは、公共の電波を通して、名指しで愛していると言われた優那も同じだった。

『その方にはもうプロポーズされているんですか？』

ようやく我に返ったレポーターの質問に、久遠時が大きくうなずき返す。

『返事待ちの状態ですけど、ユーナに僕の愛は伝わってるはずです』

彼がカメラ目線で満面の笑みを浮かべる。

「パパのおよめしゃーん」

こちらを振り返った瑠偉が、パタパタと音を立てて駆け寄ってきた。と同時に、編集者たちの視線が優那に集まる。

編集部では「園山《そのやま》さん」で通っているが、ホビー雑誌にはライター名がフルネームで掲載されている。久遠時が口にした名前と同じだと気づかれる可能性があった。

「瑠偉君、そろそろ帰ろうか」

「かえるでしゅー」

こちらを見上げてきた瑠偉の手を、優那は急ぎ握り取る。

「すみません、今日はこれで失礼します。またご連絡します」

床に置いていた帆布のバッグを担ぎ、編集者たちに頭を下げ、あたふたと編集部をあとにしてエレベーターに乗った。

息苦しいくらいに鼓動が速くなっている。テレビ越しのラブコールなんて心臓に悪い。

「レポーターやカメラを前に公言しちゃうなんて……」

久遠時の揺るぎない気持ちが、強く伝わってきた気がした。

「ユーナ、ルイのママになってくれるのー？」

久遠時のインタビューを聞いていた瑠偉が他に誰もいないエレベーターの中で、無邪気に訊ねてくる。

「瑠偉君は僕がママでもいいの？」

「ルイもパパもユーナがだーいしゅき」

純真な瞳で見上げられ、瑠偉に対する離れ難い思いが湧きあがってきた。

「パパのおよめしゃんになってー」

「そうだね」

瑠偉に嫌だと言えるわけもなく、笑顔でうなずき返す。

「わーい」

嬉しそうな声に、自然と頬が緩む。

優那は完全に心が決まったわけではない。けれど、リスクを覚悟でカメラに向けて爆弾発言をした久遠時の強い愛に、気持ちは大きく彼に傾き始めていた。

＊＊＊＊

瑠偉を寝かしつけた優那はリビングルームのソファに腰かけ、いつ帰ってくるかわからない久遠時を、落ち着かない気持ちで待っている。

大胆な真似をした彼は、どんな顔で帰宅するのだろうか。そもそも、こちらがインタビューの放送された番組を観ていなかったら、どうするつもりでいるのだろうか。

彼の考えていることがわからず、インタビューを観たと自ら言い出すのも気が引け、どう対処したらいいのか見当もつかないでいた。

「あっ……」

玄関のドアが開く音が聞こえ、にわかに慌てる。

ソファから立ち上がってみたものの、これまで彼を玄関に迎えに出たことがなく、いつもはしないことをするのは変に思えて座り直す。

「ただいま」

「おかえりなさい」

何食わぬ顔で立ち上がると、大きな袋を提げている久遠時が歩み寄ってきた。

「これ、一緒に観てくれないか」

目の前に立った彼が、袋の中から平たいプラスティックケースを取り出し、優那に差し出してくる。

彼の手元に目を向けると、丸い銀色のディスクが入っていた。昼間、編集部で観たテレビ番組を録画してあるのだろう。

中身がわかっているのに、久遠時と二人でもう一度、観るなど恥ずかしくてとてもできそうにない。

「昼間のインタビューなら観ました」

彼は一瞬、驚いたような顔をしたが、話が早いと思ったのか、すぐに笑みを浮かべた。

「返事を聞かせてくれるかな?」

そう言った彼が、提げている袋をテーブルに下ろし、ソファに腰かける。

彼と並んで座るのが憚《はばか》られ、向かい側に回ろうとしたが、手を摑まれて無理やり座らされてしまった。

「僕はこれからも瑠偉君と一緒にいたいと思っています」

「俺とは？」

間髪を容れずに問われ、優那は困り顔で見返す。

「久遠時さんがそうしてほしいなら……」

相手に答えを委《ゆだ》ねたのは、一緒にいたいと言葉にすることに恥ずかしさを覚えたからだ。

「俺が望めば、瑠偉のためにしかたなく残るということか？」

あからさまにがっかりした顔をされ、このままではいけないのだと焦る。

「そんなことはありません。僕はべつに久遠時さんが嫌いじゃないから……」

正直な気持ちを口にしたとたん顔が真っ赤になり、揃えた膝に置いている己の手元に視線を落とす。

テレビ越しに愛していると言われてから、自分はどう思っているのだろうかと考え続けてきた結果、瑠偉だけでなく、久遠時も一緒でなければダメなのだとわかった。

彼には幾度となく心をかき乱されてきたが、それでも嫌いになれなかった。可愛い瑠偉を愛しく思うように、彼も愛しい存在になっていると気づいたのだ。

「優那……」

破顔した彼に、両手で抱き締められる。

あまりにも強い抱擁《ほうよう》に息が詰まりそうになり、腕の中で身じろぎを始めたところに、小さな足音が聞こえてきた。

「パーパ、おかえりなしゃいでしゅー」

目を覚ましてしまったらしい瑠偉が、パジャマ姿で駆け寄ってくる。

抱き合っているところを彼に見られて動揺し、優那は慌てて久遠時から飛び退く。けれど、久遠時はまったく気にしたふうもない顔つきで、飛びついてきた瑠偉を両手で抱き留めた。

「瑠偉、ユーナがママになってくれるぞ」

「わーい、わーい」

瑠偉が久遠時の脚の上でピョンピョンと跳びはねる。

これまでになく嬉しそうな笑顔に、優那は喜びと羞恥が同時に押し寄せてきた。

「ケーキを買ってきたんだ。みんなで食べよう」

瑠偉を隣に座らせた久遠時が、テーブルの上に置いた袋の中から、金色のリボンが結ばれた四角い箱を取り出す。

「こんな時間にケーキだなんて……」

「お祝いのケーキだから今夜は特別だよ」

幼い瑠偉に食べさせていいものかを迷いつつも、お祝いのケーキとはどういうことだろうかと脇に立って見ていると、久遠時がリボンを解いてフタを開けた。

「嘘っ……」

現れた豪華なデコレーションケーキの中央に、楕円形《だえんけい》をしたチョコレート・プレートが斜めに立っている。そこには、〈愛する優那　これからもよろしく！〉と書かれているのだ。

まるで、こちらの答えがわかっていたようなメッセージに、素朴な疑問が浮かんでくる。

「断られるとは思っていなかったんですか？」

ケーキに見入っている瑠偉を横目で見つつ訊ねると、久遠時は勝ち誇ったような笑みを浮かべた。

「断られない自信があった」

「どうして？」

「優那が怒ってマンションを出て行かなかったから」

自信満々に言って嬉しそうに笑う彼が、とても好ましく思える。これから先も、ずっと一緒に暮らしていきたいと心から思った。

「瑠偉、まだダメだよ。ユーナにケーキを切ってもらってからだ」

ケーキのクリームを今にも小さな指ですくい取りそうな瑠偉を諭した久遠時が、改めてこちらに向き直ってくる。

「瑠偉が寝たら俺の部屋に来てくれ」

耳元で当然のように囁かれ、即座に意味を察した優那は羞恥に頬を染めた。

「ユーナ、はやくケーキきってー」

「は、はい……」

どちらにともなく返事をし、そそくさとキッチンに向かう。

(すぐになんて……)

瑠偉が寝たあとのことで頭がいっぱいになっている優那は、顔を真っ赤にしたままケーキ皿やフォークを揃えていた。

＊＊＊＊＊

シャワーを浴びた優那は、どういった格好で久遠時の部屋に行くか迷った末、パジャマに着替えた。

久遠時に強く惹かれている自分に気づき、彼の気持ちを受け入れた以上、いつかはこのときがくる。それが少し早かっただけのことだと覚悟を決め、彼の部屋に向かう。

「できるかな……」

覚悟を決めたとはいえ、女性とすら経験がない優那は、生まれて初めてのセックスに、期待より不安が大きい。

「初めてだし……」

恋愛経験もなく、フィギュアだけを相手に過ごしてきたとはいえ、男同士のセックスがどういったものかくらいは知っている。

いくら女性経験が豊富であっても、これまで久遠時は同性を好きになったことがない。初めて同士で上手くことが進むのだろうかとますます不安になってきた。

「どうぞ」

軽くドアをノックすると、すぐに返事があった。

静かにドアを開け、部屋の中に入っていく。

「おいで」

久遠時はすでにベッドに入っていた。

枕を背に当てて身体を起こし、肌がけを腰まで引き上げている。見えている上半身は裸だ。

準備万端といった様子の彼を目の当たりにし、とてつもない羞恥を覚えた優那は、背を向けて自分の部屋に戻りたくなる。

「気になるなら、明かりを消して」

笑顔で言われ、改めて覚悟を決めた。

ドアのすぐ横にある照明のスイッチを切り、暗がりの中、ベッドへと慎重に歩みを進める。

「あっ……」

目測を誤ってベッドの脚に躓《つまず》き、前のめりに倒れ込む。

「大きな音を立てると、瑠偉が目を覚ますぞ」

久遠時の声が近くに聞こえ、腕を摑まれた。

「すみません……」

寝ている子供を気にしながら、行為に及ぶことに躊躇いを覚えつつも、手をついて身体を起こそうとしたら、そのまま抱き込まれて唇を塞がれる。

「んんっ」

唇を重ねたまま寄り添ってきた久遠時が、舌先を深く差し入れてきた。

搦め捕った舌先を強く吸われ、淫らな音が立つ。その音に、全身がカッと熱くなった。

執拗に繰り返されるくちづけに、優那の唇の脇から唾液が伝い落ちる。まるで息継ぎを惜しむようなくちづけだった。

「あふっ」

急に唇を離した久遠時が、優那が着ているパジャマに手をかけてくる。

抗ってはいけないと自らに言い聞かせジッとしていたが、上半身を裸にされ、さらにはズボンに手がかかるとさすがに恥ずかしくなり、咄嗟に彼の手を押さえていた。

「ダメだよ」

あっさりと手を払いのけてきた彼に、いとも容易《たやす》くズボンと下着を脱がされる。

「あっ……」

生まれたままの姿にさせられた優那は、暗がりの中にいてもすべてを見られているような錯覚に陥った。

「男は初めてだけど、たぶん上手くできると思うから、優那はただ力を抜いて身を任せていればいい」

彼は耳元で優しく促してきたが、この状況で力を抜いていられるわけもなく、全身がガチガチに硬直している。

「愛してる」

甘い囁きとともに、手のひらを露わな胸に置いてきた。

「ひっ」

指先を感じた瞬間、喉の奥が鳴り、よりいっそう身体が硬くなる。

「ここはどう？　感じる？」

小さな突起を指先で摘《つま》まれ、優那は初めて味わう感覚に身を捩った。

「んんふ……」

ほんの軽く摘まれただけなのに、まるで電流でも流されたかのような衝撃が身体を走り抜けていった。

「その声にそそられる」

気持ちを昂《たか》ぶらせたらしい久遠時が、執拗に乳首を弄んでくる。

それだけのことに、身体のあちらこちらが熱くなっていき、乳首で弾ける快感に不安が薄れていき、次第になにも考えられなくなっていく。

「こっちはどう？」

胸から下腹へと滑り落ちた手が、股間を包み込む。

そこで生じた甘酸っぱい感覚に、熱い吐息をもらしてしまう。

「あふっ……んん……」

「どんどん硬くなっていくな」

握り取った己をからかうように扱かれ、思わず逃げ腰になる。

つい先ほどまで萎縮していたというのに、彼の手が触れたとたんに熱を帯びたそこは、扱かれたことで頭をもたげ始めた。

「もう濡れてきた」

張り詰めた先端を指の腹で撫で回され、腰がガクガクと震える。

「ひっ……ああっ」

指摘されるだけでも恥ずかしいのに、瑠偉を気にしてか声を潜めてくるから、よけいに恥ずかしくなる。けれど、いちいち口にするなと言いたくても、唇が震えて言葉にならない。

「あぁぁ……うぅん……」

「すごい濡れようだ」

先端から溢れる蜜を、くびれに塗り込められていく。

敏感な場所ばかりを刺激され、下腹の奥が熱く疼き出す。

「やっ……んんっんん」

張り詰めた先端部分を撫で回され、硬度を増した己を扱かれ、腰が上下に揺れ動く。

「久遠時さ……ん」

早くも抗い難い射精感に苛《さいな》まれ始め、せつない声をもらした優那は震える手で久遠時にしがみついた。

「もうイキそう？」

耳元で問われ、何度もうなずき返す。

「わかった。俺もなんか今夜は余裕がないんだ、じっくり楽しませてあげようと思ったけど、それはまた今度」

股間から手を離して抱き寄せてきた彼が、優那の片脚を自分の太腿《ふともも》に引っかける。

「えっ、やだ」

否応なく尻が開かれる格好に、思わず逃げ惑う。

男同士が身体を繋げる場所はひとつしかない。そう頭でわかっていても、そこに触れられるかと思うと、やはりジッとしていられなかった。

「動くな」

逃げようとする優那を、彼が阻止してくる。

「おとなしくしていろ」

片脚を押さえ込んできた彼が、サイドテーブルに手を伸ばす。

なにをしているのだろうかと目を向けると、小さなボトルを取り上げた彼が、自分の指先にトロリとした液体を垂らし始めた。

「潤滑剤を使わないと無理だから」

久遠時の生々しい言葉に羞恥を煽られ、優那は彼の手から目を背ける。

「ひっ」

間もなくして、液体に濡れた彼の手が二つの山を割って入ってきた。

「力を抜いてて」

「そんな……」

そう言われたところで、自分でも触れたことがない場所に久遠時の指があるのだから、自然と身体に力が入ってしまう。

「挿《い》れるよ」

「ダメ、まだ」

止めるより早く、彼の指がプツリと秘孔に滑り込んできた。

「いっ」

あまりの驚きに全身が石のように固まる。

「やだ、久遠時さん、お願い……」

「もう止められない」

指の先を浅い位置で留めた彼が、秘孔を抉《えぐ》るように動かしてくる。

潤滑剤を使ってくれたせいか、痛みはまったく感じていない。ただ、そこを弄《いじ》られているのが、恥ずかしくてたまらなかった。

「きついな……」

久遠時がそうつぶやきながら、指を奥へと押し進めてくる。

濡れた指は驚くほどすんなりと入り込んできた。

「あれっ……」

同じく驚いたのか、小さな声をもらした彼が、易々と自分の指を飲み込んだ秘孔の奥を探り始める。

先ほどまでは感じなかった圧迫感と異物感に、優那は顔をしかめて激しく身を捩った。

「いや……気持ち悪い……やめて」

拒絶の言葉は途中で切れてしまった。

嫌な感覚をかき消すほどの快感が、どこからともなく湧きあがってきたのだ。

「い……んんん……ぁああ……」

わけのわからないもどかしさに甘声をもらし、しどけなく身悶《みもだ》える。

「気持ち良さそうな声だ」

笑いを含んでいるが、どこか余裕のない声をあげた久遠時が、不意に指を引き抜く。

「あふっ……」

異物が出て行く妙な感覚に身震いしたところを、仰向けにひっくり返され、勢いよく両足を担がれる。

「初めてだから痛いかもしれないけど、我慢できるか？」

暗がりに慣れた目に、彼の心配そうな顔が映った。

今を逃したら、次もきっと怯んでしまうだろう。潔く受け入れてしまえば、この先は楽になるはずだ。

勇気を出して部屋を訪ねてきたのだから、中途半端で終わりにしたくない。なにより、久遠時を自分の中に感じてみたい気持ちが湧きあがってきていた。

「はい……」

「続けるぞ」

「ひっ……」

秘孔に熱い物を感じ、逃げ腰になる。けれど、足を担がれていては逃れることもできず、優那の膝を抱え込んで腰を進めてきた彼に、一気に貫かれた。

「い……」

強烈な痛みに叫びそうになったが、隣室で瑠偉が寝ていることを思い出し、慌てて両手で口を塞ぐ。

「んんっ」

両手の隙間から、抑えきれない呻《うめ》きがもれてくる。同時に涙が溢れてきた。

これほど強烈な痛みを味わったことがない。全身から汗が噴き出てくる。

「我慢できそうにない？」

両手で口を覆ったまま大きく首を横に振ると、彼がゆっくりと腰を使い始めた。

身体が上下に揺さぶられ、炸裂する痛みに涙が止まらない。

「こっちを忘れてたな」

久遠時がふと思い出したように、痛みに萎えかかっている優那自身を握ってくる。

「んふっ」

手早く扱かれ、舞い戻ってきた快感に意識が向かう。

輪にした指でくびれを引っかけながら扱かれ、さらには蜜に濡れた先端の割れ目を抉られ、
股間で渦巻き始めた巨大な快感に、秘孔の痛みを忘れていく。

「あっあっ……ひ……ぃあ」

優那はあられもない声をあげ、全身を震わせる。

いったん消えた射精感に、再び苛まれ始めた。刺激されるほどにそれは強まり、下腹の奥で

熱く燃えさかる。

「ちょ……そんな締めつけないでくれ」

慌てたような声が聞こえてきたが、なにかしたつもりがない優那は、涙に濡れた瞳で久遠時を見上げた。

「ダメだ、優那、俺……」

彼が急に抽挿を速めてくる。

「あっ……んあぁぁ」

己を扱かれながら最奥を突き上げられ、同時に襲ってきた快感と痛みに、シーツをきつく握り締める。

「優那……」

「いいぃ……あああっん」

身体が跳ね上がるほどに激しく腰を打ち付けられ、頂点近くにあった優那は奔流に飲み込まれていく。

「はぅ」

腰を浮かせたまま極まった声をあげ、勢いよく精を迸《ほとばし》らせた。

「くっ」

ほぼ同時に短く呻いた久遠時が、グググッと腰を押しつけてくる。

間もなくして、彼の熱が身体に流れ込んでくるのを、優那ははっきりと感じた。

「はあ……」

ひとしきり天を仰いでいた彼が深いため息をもらし、担いでいる優那の足を脇に下ろし、身体を重ねてきた。

「んっ」

繋がり合ったままの動きに痛みが走り抜けたが、彼の重みを感じるとともに、それも消えていった。

「ごめん、優那の中がよすぎて呆気なかった……」

片腕に抱き締めてきた彼が、優那の肩口に顔を埋めてくる。

たぶん普段の彼はベッドでも余裕綽々《しゃくしゃく》で、謝ったことなどないはずだ。

彼は呆気なく果ててしまったことを恥じているようだが、相手が自分だから余裕がなくなったのだと思うと、申し訳ないけれど嬉しくなってしまう。

「これから時間はたっぷりありますから」

「そう言ってくれると助かる」

慰めたつもりはなかったのだが、顔を上げてきた彼は安堵の笑みを浮かべていた。

やけに素直な彼が愛おしくなり、両手で抱き締める。

気持ちを受け入れるかどうかを悩んだり、女性関係を疑ったりしていたのが嘘のように思えるくらい、彼を好きになっている自分に気づく。

「出すよ」

短く言った彼が、繋がりを解いた。

ズルッとした感覚に一瞬、顔をしかめたが、すぐにすっぽりと大きな身体に包み込まれ、安堵のため息をもらす。

「はぁ……」

「久しぶりにゆっくり眠れそうだ」

頬を擦り寄せてきて囁いた彼に、腕の中でうなずき返す。

誰かと抱き合って眠る日が訪れるとは思っていなかった優那は、直《じか》に伝わってくる久遠時の心地よい温もりを楽しみながら、いつしか深い眠りに落ちていた。

第十章

「うーん……」

鈍い疼きに眠りから呼び覚まされた優那は、間近にある久遠時の顔に昨夜を思い出す。

「そっか……」

初めて結ばれた喜びが改めて込み上げてきたが、ちょっとした動きに下半身の痛みを覚え、頬を引き攣らせる。

「痛っ」

「うん……」

思わずあげた声に目を覚ました久遠時が、まだ眠そうな顔でこちらを見つめてくる。

「おはよう……」

挨拶もそこそこに唇を重ねてきたが、昨夜のような執拗なくちづけではなく、軽く触れ合わせただけで終わった。

「身体、大丈夫そうか？」

のし掛かられた痛みを堪《こら》えている優那の顔を、彼が心配そうに覗き込んでくる。

「たぶん……」

互いに裸で身体を寄せ合っていることに羞恥を覚え、苦笑いを浮かべて視線を逸《そ》らす。

「パパー、ユーナがいないのー」

いきなりドアを開けて瑠偉が入ってきた。

優那が慌てて身体を起こすと、それを目にした瑠偉が不満顔で駆け寄ってくる。

「じゅっるーい、またパパといっしょにねてるー」

駆けてきたままの勢いで、彼がベッドに飛び乗ってきた。

日に日に動きが大きくなっていく。成長していくさまを見るのは楽しいが、今はそれどころではなかった。

「優那はパパのお嫁さんだから、これからはパパと一緒に寝るんだよ」

起き上がって瑠偉を抱き締めた久遠時が、頭を撫でながら言い聞かせる。

「しょんなの、じゅっるーい」

納得いかない声をあげた瑠偉が、頬をプクッと膨らませた。

いまにも泣き出しそうな顔に慌てた優那は、久遠時に抱かれている瑠偉の手を握り取る。

「瑠偉君がいい子にしてたら、パパも三人で寝ようって言ってくれるよ」

優しく握った手を振りながら言うと、パッと表情が明るくなった。

「パァパ、ホント?」

大きく見開いた瞳で、久遠時を一心に見つめる。

「ああ、瑠偉がいい子にしてたら、三人で寝てもいいぞ」

「やったー」

喜んだ瑠偉が、久遠時にしがみつく。

「その代わり、たまにだぞ。優那はパパのものだからな」

「ちがうもーん、ユーナはパパとルイのだよー」

「でも優那はひとりだからなぁ……」

「はんぶんこできないかなぁ……」

楽しそうな父子をよそに、そそくさとベッドを出た優那は、床に落ちているパジャマと下着を拾い上げ、手早く身につける。

「食事の用意をしてきます」

二人をベッドに残し、部屋を出て行く。

「痛っ……」

廊下に出てひと息ついたところで尻に激痛が走り、壁に手をついて堪える。

「こんなんで今日、使い物になるかな……」

苦々しく笑いながら、壁に手を添えたままリビングルームに向かう。

「瑠偉君と久遠時さんのために頑張らなきゃ」

痛みに負けてなるものかと、自ら気合いを入れる。

一日にすべきことは山ほどある。身体が痛いからといって休んではいられない。

久遠時と結ばれた余韻に浸る間もなく、朝一番の仕事に取りかからなければならない。

「パンケーキにしようかな……」

ときおり走り抜ける痛みに顔をしかめながらも、これまでとは違う生活が始まったことの喜びを感じている優那は、いつになく幸せそうな顔をしていた。

あとがき

みなさまこんにちは、伊郷ルウです。

このたびは『ベイビィ・エンジェル ～パパと秘密のキス～』を手に取っていただき、本当にありがとうございました。

久しぶりのＢ－ＰＲＩＮＣＥ文庫は、三歳の息子がいる独身男性が攻めという、作者初の設定となっております。

担当さんとは「パパもの」と言っていたのですが、ジャンルとしては「イクメンもの」が正しいのでしょうか。

美形の人気俳優を父親に持つ息子ですので、それはそれは可愛い子なのです。文章から、その可愛さが伝わるとよいのですが……。

お相手の受けはといえば、フィギュアにぞっこんの「オタク君」です。フィギュア好きが高じて、会社勤めを辞めて独立したという強者です。

住む世界が違うだけでなく、性格的にも相容れる部分がないに等しい攻めと受けが、ひょんなことから子供を交えた三人暮らしを始めます。

子供を中心とした生活の中で、二人の男がどうやって打ち解け、接近していくのか……そのあたりをお楽しみいただければと思っています。

最後になりましたが、イラストを担当してくださいました相葉キョウコ先生には、心よりの御礼を申し上げます。

お忙しい中、格好よくて、可愛くて、キュンとなるようなイラストの数々をありがとうございました。

二〇一三年　初秋

伊郷ルウ

★オフィシャルブログ〈アルカロイドクラブ〉……http://alkaloidclub.web.fc2.com/

初出一覧

ベイビィ・エンジェル ～パパと秘密のキス～　/書き下ろし

B♥PRINCE
http://b-prince.com

B-PRINCE文庫をお買い上げいただきありがとうございます。
先生へのファンレターはこちらにお送りください。

〒102-8584
東京都千代田区富士見1-8-19
(株)アスキー・メディアワークス
B-PRINCE文庫　編集部

ベイビィ・エンジェル
～パパと秘密《ひみつ》のキス～

発行　2013年9月7日　初版発行

著者　伊郷ルウ

発行者　塚田正晃

発行所　株式会社アスキー・メディアワークス
〒102-8584　東京都千代田区富士見1-8-19
☎03-5216-8377（編集）

発売元　株式会社KADOKAWA
〒102-8177　東京都千代田区富士見2-13-3
☎03-3238-8521（営業）

印刷･製本　旭印刷株式会社

小社ホームページ　http://asciimw.jp/

Printed in Japan
ISBN978-4-04-891825-1 C0193